诗 苑 译 林

我必须徒步穿越太阳系

索德格朗诗全集

EDITH SÖDERGRAN

[芬]艾迪特·索德格朗——著
[瑞典]李笠——译

CS 湖南文艺出版社

Edith Södergran

艾迪特·索德格朗

（1892—1923年）

译序

一

“我不是女人”，索德格朗在《现代女性》一诗中开门见山地写道。时值1916年，诗人24岁，刚出版自己用自由诗体写的第一部诗集《诗》。北欧文学因此而诞生了第一个以女性的“我”为中心的现代主义女诗人。

索德格朗终生未育。她一生留下二百六十多首诗。这些诗短小深刻，形式自由，想象丰富，深刻地塑造了变幻不定的内心情绪。

索德格朗生前出版了四本诗集，但都遭到了评论界的冷遇。她躺在病床上屈指数着自己的敌人，并在《风信子》一诗中写道：

> 我昂头。我有我的秘密。谁主宰我？
> 我是折不断的，一棵不死的风信子。

我是一朵摇着粉色铃铛的春花，
它随土地欢快的歌声升起：
为了卓绝、平安地活着，没有对手……

索德格朗对自己诗歌价值所持有的信念，最后被时间证明是对的。今天，百年后，她被誉为北欧现代文学的开拓者，她的诗被传诵，被谱成曲子，被收入各种北欧诗歌选本，并对一代又一代的北欧年轻诗人产生着影响。芬兰专门成立了索德格朗研究会。索德格朗的名字常常和世界一流的诗人艾米丽·狄金森、安娜·阿赫玛托娃等人相提并论。

二

艾迪特·索德格朗(Edith Södergran)1892年出生在俄国彼得堡一个机械师家里。父母都是讲瑞典语的芬兰人。她出生不满三个月，全家搬回到芬兰一个叫莱乌拉的村庄。索德格朗在那里度过了自己孤独的童年。童年的森林、白桦树、花楸树、花园、森林和湖泊成了她以后诗歌中的主要意象。1902—1908年，她在彼得堡一家德国人办的教堂学校念书，阅读了大量欧洲大陆作家的作品，并开始用德语写诗。15岁那年，索德格朗正式用自己的母语瑞典语创作诗歌。索德格朗的母亲，一个聪慧能干的女人，热心支持着女儿成为诗人的梦想。

1907年，索德格朗的父亲死于肺结核病。两年后，她也得了这一不治之症。那时她16岁。疾病使索德格朗早熟，她的创作欲如火山一样爆发，死亡的阴影由此也悄悄潜入她的诗中。

1911年，索德格朗和母亲一起到瑞士的一家疗养院疗养。在那里，她接触了欧洲大陆的文学思潮，扩大了自己的文学视野，并爱上了照料她的医生路德维希·冯·穆拉特，一位已婚的中年男人。1917年，冯·穆拉特去世，索德格朗写下了回忆瑞士生活的两首诗：《断章》和《森林里的树》。

1914年春，索德格朗怀着成为诗人的抱负，在尚未康复的情况下，回到了自己的家乡莱乌拉。不久，她和一个离了婚的男人结婚。婚姻的不幸给她带来巨大痛苦，并在她心灵上留下了创伤：

我们女人

我们女人，我们如此接近这褐色的大地。
我们问布谷鸟对春天有何期盼。
我们张开双臂拥抱光秃的松树，
我们在落日中探问预兆和出路。
我曾经爱上一个怀疑一切的男人，
他在一个寒冷的日子到来，两眼空虚；
他在一个沉重的日子离去，面带遗忘。
如果我的孩子死了，那是他的……

1916年，索德格朗出版了自己的第一本诗集《诗》。《诗》收录了63首诗歌，这些具有象征主义和表现主义色彩的诗，词语新颖，题材宽广，除描写大自然的诗篇外，还吟唱了

“地狱”“美”和“痛苦”——“她给我们大家生命最大的收获：爱情，孤独，以及死亡的面孔”。

《诗》中最引人注目的是爱情诗。这些诗写得直接，真挚。其中最有名的是《白天变冷……》

你寻找花朵，
找到了果实。
你寻找泉水，
找到了大海。
你寻找女人，
找到了灵魂——
你失望了。

《白天变冷……》这首诗虽只短短四节，却生动地刻画出爱情与恐惧、亲近与疏远、渴望与自由等一个现代女性的情感，清晰表达了诗人的女权主义观点。索德格朗强烈的女权主义的语言、意象和形式使她成为许多北欧女诗人的楷模。

《诗》遭到了评论家们的冷嘲热讽。有一位批评家问《诗》的出版商是否想给瑞典诗坛提供笑料。

但值得庆幸的是，索德格朗遇到了20世纪芬兰最杰出的评论家之一、女作家黑格·奥尔森。黑格后来成了索德格朗的终身好友。索德格朗曾为黑格专程去看她写了一首题为《春天的秘密》的诗：

姐姐，你似一阵春风穿过山谷而来……
阴影里的紫罗兰弥散着温馨的满足。
我要把你带往森林最温馨的角落：
那里我们将互诉衷肠，述说如何见到了上帝。

三

从第一部诗集的出版到第二部诗集的诞生这两年间，索德格朗的生活、感情和诗歌发生了巨大的变化。而不久爆发的十月革命和席卷诗人家乡的芬兰内战，使她陷入了贫困和饥饿。与此同时，她的病情开始恶化，死亡的威胁在逼近。然而，年轻的索德格朗并没有因此而屈服。她在尼采那里找到了精神支柱。1918—1920年两年间，诗人出版了《九月的诗琴》《玫瑰祭坛》和《未来的阴影》三部诗集。这三部诗集充满了愤怒的火焰和奇异的幻影，诗的语言也更为大胆，比喻和象征似乎完全来自下意识。诗人在《九月的诗琴》开首语中写道：“我在某种节奏下创作了一些具有反叛特点的诗作，从而发现只有在绝对自由的前提下，我才能够把控好词语与意象，也就是说，割舍韵律。我的诗可被视作粗犷的手绘图，至于形式，我则让我的直觉服从智力的监视。”

在这些具有强烈表现主义特点的诗里，心理感受把整个世界甚至整个宇宙化作了精神世界，生命的意愿在藐视一切和突出凯旋的“我”上显得欣喜若狂。诗人要“打开天空的大门”，把“人眼看不到的美”馈赠给众生。在《存在便是胜利》一诗里，她向世界喊道：“呼吸就是胜利！”她把自己看作是太阳的女儿——“除了太阳我一无所知”；她站在太阳上，扮演着一个创造者的角色：

我们这些轻狂、强大的陌生人，
我们骑着松懈的马鞍摇晃而来。
风会把我们领向前吗？
我们的声音像一阵嘲笑从远方，从远方飘来。

在《首先我要攀登钦博拉索山》一诗中，诗人以乐观积极的口吻再次体现了尼采的权力意志和超人学说：

首先我要攀登自己的
钦博拉索山，
头戴桂冠，站在那里，
一望无垠。
……

最后我将攀登不可攀登的
权力的山顶，
星星将慈祥地微笑，
为万物祝福。

诗人，一个孤独的病者，一个生活的局外人，把尼采视作自己的精神之父，她《在尼采墓前》发誓：

……

稀有的父亲！

你的孩子不会背叛你，

他们正迈着神的步履穿越大地，

……

在尼采的影响下，索德格朗中后期的诗很多都以先知、女王、圣徒、神、上帝的口吻来表达自己的观点和感受。这也是她的诗歌与其他现代主义诗人最为不同的地方，也是吸引众多读者的魅力所在。

索德格朗因此而创造了奇迹，让自己变成了一个超人，自己的上帝。她走了一条自己的路，用她的偶像尼采的话说就是："这世界只有一条路，这条路只有你能走。它通往哪儿？别问。走吧！"

索德格朗找到了自己，或生存的意义：创造了一种自己的生活，或身份。她由此变成了一位无法绕过的表现主义诗歌代表：

我必须徒步穿越太阳系

我必须

徒步穿越太阳系，

在我找到我身上红毛衣上第一根线头之前，

我预感到了这一点。

宇宙的某个角落悬挂着我的心，
火从那里迸溅，震撼空气，
并向其他狂放的心涌去。

这些诗凸显了一个强大的个性或灵魂，也展露了表现主义诗歌典型的特点：让非理性的情感通过大胆的不相连贯的意象并列和自由的形式，有时甚至破坏传统语法，比如：头戴桂冠，站在那里，/一望无垠（谁一望无垠？山还是我？），创造了奇特的幻景：

美是每一场奢侈，每一朵火焰，每一次充溢，
每一个巨大的贫困；
美是对夏天的忠贞，对秋天的裸露。
美是鹦鹉的羽衣或预示风暴的落日。
美是清晰的特征，独特的音调：那就是我。
……

对于索德格朗这样一个敏感的病人，只有这种充满酒神精神的惠特曼式的语句，以及赤条条呈现思想和情感的表现主义风格才能满足她的要求："我的诗歌不是描写情绪而是表现。"（给黑格的信）而诗人的目的则在于：激活沉睡的激情，揭示事物内在的本质。

在诗集《未来的阴影》中，索德格朗的渴求已触及天空，她的生命和创作也进入最后一个阶段。她生命的最后几年，生活

越加穷困，肺结核病常使她大口吐血。她开始转向宗教沉思，信奉给人类带来福音的基督教。《未来的阴影》出版后的两年，她沉默了。但她仍在用笔与死神搏斗。这一时期写的诗收集在她死后第二年(1925年）出版的《不存在的国度》。这些诗一反过去对力和美的追求，节奏柔和，语言朴实，充满了平静与祥和。她从染着金色阳光的阿尔卑斯山峰、涌动的星星转向童年的树，并从那里找到了自己生命的秘密：

我童年的树高高地站在草丛中
摇着头：请问，结果怎样?
……
而今我们要告诉你生命的秘密：
打开一切奥秘的钥匙躺在长着覆盆子的坡上。

透过诗中平静的语气，我们看到这些在死亡面前写下的诗的背后，有着一场何等超人的搏斗。这位贫困潦倒、病入膏肓的女诗人终于在偏僻的莱乌拉泰然地接受了死亡，并由此超脱了自己的命运：

我们应像热爱沙漠开花的瞬息那样
去珍惜被病魔纠缠的漫长岁月
以及闪烁希望的短促时光。

目录

* 「1916」诗 *

雨我看见一棵树　003

白天变冷……　004

老房子　006

夜曲　007

一个愿望　008

秋天的日子　009

从未走出过花园的你　010

我　011

一线大海　012

上帝　013

紫色的黄昏　014

焦灼的梦　015

现代女性　016

色彩的渴望　017

朝着四面来风　018

我的姐妹穿着缤纷的衣裳　019

秋天最后的花朵　020

秋天苍白的海　021

黑与白　022

秋天　023

星星 024

海岸诗二首 025

一根蜡烛在窗台上站着 026

漂泊的云 027

林中湖 028

星夜 029

词语 030

通往幸福的路 031

昏暗 032

在森林里…… 033

幸福猫 034

森林明媚的女儿 035

我们女人 037

拂晓 038

北欧的春天 039

悲叹的花园 040

古怪的海 042

低矮的岸 043

山顶之歌 044

傍晚 045

陌生国度 046

不要让你的骄傲跌落 047

两个女神 048

笼中鸟 049

告别　050

一个劝告　052

悲哀　053

我的灵魂　054

爱情　055

反光的井　056

三座坟墓的歌　057

陌生的树　058

两条路　059

三个姐妹　060

基督的忏悔　061

美　062

国王的忧伤　063

生命的妹妹　064

选自《小东西童话》　065

在海边　066

生活　067

地狱　068

企盼的灵魂　069

痛苦　070

*　「1918」九月的诗琴　*

开首语　075

存在便是胜利　076

致一个年轻女人　077

黄昏　078

强大的风信子　079

发现　080

明天会怎样　081

少女之死　082

小老头　083

森林里的树　084

艺术家的鬼脸　085

公牛　086

祈祷　087

世界正在血泊中浸泡……　088

啊，我那被太阳之火点亮的群峰……　089

风暴　091

夜行　092

月亮的秘密　093

云上的歌　094

疯狂的漩涡　095

落日里的风景　096

复仇　097

众神的足迹　098

上帝母亲的玫瑰　099

众神的七弦琴　100

条件　101

上帝还没入睡　102

启示录的天才（残篇）　103

装甲车　104

无忧　105

未来的队伍　106

泡沫　107

光　108

在尼采墓前　109

最美的神　110

别收藏黄金和宝石　111

黎明　112

我是个撒谎者　113

特殊符号　115

行吟诗人的歌声　116

我的七弦琴　117

为何给我生命　118

断章　120

俄耳甫斯　125

企盼　126

*　「1919」玫瑰祭坛　*

第一部分

玫瑰祭坛　129

通往天堂与地狱的路　131

首先我要攀登钦博拉索山　132

在仙女们的挂毯上　133

我做的花　134

风暴　135

可怕的阵形　136

我必须徒步穿越太阳系　137

忏悔者　138

致强者　139

苦难的酒杯　140

大地化成了灰烬　141

我的童话宫殿　142

神在哪儿……　143

工具的抱怨　145

神来了……　147

变　148

诅咒　149

喜马拉雅山的梯上　150

海洋之歌　151

疑问　152

火炬　153

美的雕像　154

环　155

烈士　156

第二部分

春天的秘密　157

姐姐来信　158

在黑暗里　159

我相信我的姐姐　160

森林里的回声　162

我的姐姐　163

不可表述的正向我们走来　164

上帝的孩子　165

姐姐，我的姐姐　166

第三部分

狄俄尼索斯　167

氛围的残迹　168

祭献时辰　171

谐谑曲　172

玫瑰　173

＊　「1919」纷乱的观察　＊

纷乱的观察　177

＊　「1920」未来的阴影　＊

第一部分

奥秘　189

忍耐　190

强权　191

一个年老的统治者　192

敌意的星星　193

创造者形象　194

华伦斯坦的侧影　195

星星涌动　196

星球　197

第二部分

未来的阴影　198

伟大的爱神　199

我的祖国是什么？　200

狂喜　201

坦塔罗斯，把你的酒杯倒满　202

失去的皇冠　203

爱神神庙　204

太阳　205

网　206

再生之谜（偶作）　207

第三部分

河流女王的廷杖（残片）　208

瀑布　213

爱神的秘密　214

爱神创新世界　215

本能　216

闪电　217

孤独　218

强者的身体　219

预感　220

日出　221

啊你，我心的宽度　222

唯物主义　223

沉醉　224

哈姆雷特　225

风信子　226

四首小诗　227

动物圣歌　229

太阳　230

决定　231

闪电的渴望　232

大花园　233

星星　234

对自然的思考　235

*　「1925」不存在的国度　*

（遗留的诗歌）

第一部分　早期作品

山里的夏天　239

玫瑰　240

病访　241

新娘　242

夜晚的圣母　243

危险的梦　244

一个相遇　245

致爱神　246

秋歌　247

自画像　248

公主　249

生病的日子　250

虚无　252

我的未来　253

一生　254

奇迹　255

第二部分　（写于 1919 — 1920 年的诗作）

牢笼　261

苍白之心的夜　262

我的生命，我的死亡，我的命运　263

第三部分　（最后的诗）

吉卜赛女人　264

我童年的树　266

墓地想象　267

回家　268

啊，天空的清澈　269

月亮　270

十一月的早晨　271

谁也没有时间　272

不存在的国度　274

抵达冥府　275

致索德格朗的一封信　276

「1916」诗

少女时代的索德格朗

我看见一棵树

我看见一棵树，它比所有的树都大，
上面结着无法触及的果子。
我看见一座敞开大门的教堂，
从那里走出的人，个个面色惨白、斗志昂扬，
准备赴死。
我看见一个浓妆艳抹的女人
笑着用骰子赌自己的幸福。
她输了。

一个环套着这些事物，
无人能跨出的环。

白天变冷……

一

白天在天黑时变冷……

请吮吸我手上的温暖，

我的手流淌着春天的血液。

请抓住我的手，请抓住我洁白的手臂，

抓住我瘦弱肩膀的渴望……

这将是怎样的感觉，

一个夜晚，一个像今天的夜晚，

你沉重的头倒向我胸怀。

二

你把你爱情的红玫瑰

扔进我白色子宫——

我滚热的手紧握住这玫瑰

它很快枯死成一团……

啊，你目光冰冷的主宰者，

我接受你递来的花冠，

它把我的头压向我的心脏……

三

今天，我初见到了我的主人，
我战栗着很快认出了他。
我感到他沉重的手压着我柔软的臂膀……
我清脆的少女的欢笑，
我高昂的女人的自由此刻在哪里？
我感到他紧抱我哆嗦的身子，
我听到现实坚硬冰冷的声音
在撞击我脆弱的、脆弱的梦。

四

你寻找花朵
找到了果实。
你寻找泉水
找到了大海。
你寻找女人
找到了灵魂——
你失望了。

老房子

新视野对待往昔的时光
就像一个冷血的异乡人。
我怀念旧时的墓园，
我忧伤的孤傲
流着无人看见的泪水。
身在青山怀中
筑入云里的新城，
心，却沉湎于往昔的时光。
我和被囚禁的树木坦诚交谈，
并不时安慰它们。
时间摧毁着事物，
并暗中踩着命运的脚跟。
我必须等待给灵魂
带来自由的温柔的死亡。

夜曲

银光晶亮的月夜，
海的蓝色涌动，
波浪默不作声
彼此紧追不舍。
影子一路飘坠，
灌木在岸上哭泣，
松树守着沙上的银子。
夏天深处的安宁，
梦与睡眠——
月亮从海面滑过，
皎洁，温甜。

一个愿望

在这阳光照射的世界里

我只需要花园里的一张椅子

和一只躺着晒太阳的猫……

我将坐在那里

怀揣一封信

一封简短的信

我的梦就是这样……

秋天的日子

秋天的时光是透明的，

被画在森林金色的底部……

秋天在向世界微笑。

没有欲望的睡眠是多么的舒畅，

看够了鲜花，厌倦了绿叶，

枕边放上一顶酒红的花冠……

秋天不再有任何欲念，

它的手指冰凉，麻木，

睡梦中，它看见雪花

在到处不停地飘洒……

从未走出过花园的你

从来没有走出过花园的你
你是否渴望站在栅栏跟前
观望那条梦游的小径
如何在暮色中变蓝？

难道不是泪水的滋味
在你受伤的舌尖上灼烧？
啊，血红的太阳何时
已在你未涉的路上隐消？

我

我是一个异乡人，
落入这片海水压着的深底，
太阳用弯曲的光束窥视，
空气在我两手间飘浮。
有人说我生来就是个囚徒——
这里没有我熟悉的面孔。
难道我是一块被扔在这深底的石头？
难道我是一颗树枝承受不住的果实？
我躺在飒飒作响的树下等待。
啊，我将如何爬上这光滑的树身？
摇摆的树冠在我的头顶上相聚，
我想在那里坐下，眺望
从我家乡的烟囱袅袅升起的炊烟。

一线大海

这是一线大海
在天际闪烁灰色，
她有一道
手一样的暗蓝的墙。
飞回家前
我的焦渴在那里息歇。

上帝

上帝是床，我们在那儿舒展着四肢躺进宇宙，
净如天使，用圣徒的蓝眼睛回应星星的问候；
上帝是我们的枕头，上帝是我们的脚垫；
上帝是力量的储存室，处女的黑暗；
上帝是没被看见没被玷污的灵魂，
是意想不到但早已腐烂的躯体；
上帝是世世代代站立着的水；
上帝是虚无的种子，一堆烧剩的世界的灰烬；
上帝是昆虫的云集，玫瑰的狂喜；
上帝是虚无与万物间摆动的空秋千；
上帝是所有自由灵魂的牢笼；
上帝是强者愤怒之手拨弄的竖琴；
上帝是企盼能让它降临大地的事物！

紫色的黄昏

远在洪荒时代我的心灵就穿着紫色的黄昏，
裸体的少女在那里和奔跑的半人马嬉戏……
晴朗的日子射出明丽的目光，
只有阳光对女人娇弱的身子表达着敬意……
男人没有到来，从没有来过，他们不会变成……
男人是太阳的女儿愤怒地扔在崖壁上的一面虚假的镜子，
男人是天真的孩子无法理解的谎言，
男人是骄傲的嘴唇所轻蔑的一只腐烂的水果。

美丽的姐妹，请攀登最坚硬的岩石，
我们全都是女战士，女豪杰，女骑手，
纯真的眼睛，天空般的额头，玫瑰的面具，
沉重的波涛和飞逝的鸟儿，
我们是最意外，最深沉的红色，
老虎的斑纹，绷紧的琴弦，不会晕眩的星星。

焦灼的梦

远离幸福，独自躺在孤岛上睡去。

雾升起，消散。风时弱时强。

我在焦灼的梦里看见战争与盛宴：

我爱人站在船头眺望，

燕子穿梭着，毫无牵挂！

他陷入沉沉的心事。

他看见船滑入勉强到来的未来，

锋利的船头切入反叛的命运，

翅膀把他带入一切皆空的国度，

带入远离命运、虚无与虚荣的国度。

现代女性

我不是女人。我是中性物。
我是孩子，一个侍从，一项大胆的决定，
我是猩红太阳一缕狂笑的光芒……
我是捕捉所有贪婪之鱼的网，
我是装盛女人一切荣耀的碗，
我是迈向偶然和毁灭的脚步，
我是自由和自我的飞跃……
我是男人耳中血液的低语，
我是灵魂的高烧，肉体的渴望和拒绝，
我是新天堂的入口标志。
我是火焰，寻觅与放纵；
我是一汪水，深得敢吞没膝盖，
我是自由条件下以诚相待的水火……

色彩的渴望

因为自身的苍白，我将爱上红色、蓝色和黄色。
那时，白雪公主的母亲正坐在窗前，
渴望自己也是红黑两色。
伟大的白色是雪天忧伤的黄昏。
色彩的渴望是鲜血的渴望。渴望美
你就会闭上眼睛，凝视自己的心。
但美害怕日光和过多的瞩目，
但美承受不了噪音和过多的运动——
你不要把心放在嘴上，
我们不该打搅沉默和孤独高贵的光环——
还有什么能胜过与面目奇特的哑谜相遇？
我一生都将做一个沉默的女人，
一个高谈阔论的女人，
就像出卖自己叮咚作响的小溪；
我将成为平原上的一棵孤单的树，
毁于对风暴的渴望，
我要从头到脚都健康，血里流着金色的纹路，
我将干净纯粹，像不停舔舐的火舌。

朝着四面来风

没有一只鸟飞入我这隐蔽的角落，

没有一只燕子给我带来怀念，

洁白的海鸥没有预言风暴……

我在礁石的影子里守着我的狂野，

准备逃离细微的响声，逼近的脚步……

寂静和湛蓝是我那神圣的世界……

我有一扇为四面来风敞开的门。

我有一扇朝东而开的金色大门——为那迟迟未到的爱情，

我有一扇为日光而开的门，一扇为忧伤而开，

我有一扇为死亡而开的门——它一直敞开着。

我的姐妹穿着缤纷的衣裳

我的姐妹穿着缤纷的衣裳，
我的姐妹站在海边歌唱，
我的姐妹坐在石头上等待，
她们的篮子里装着空气和水，
并被称为花朵。
而我抱着十字架在哭。
我曾像绿叶那样柔嫩，
高悬碧蓝的天空。
但不久，两把刀在我胸中交错，
胜者把我举到他嘴边。
他的冷酷如此温柔，我活了下来。
他把一颗星星贴在我额上，
把战栗着哭泣的我
扔在一个名叫“冬天”的岛上。

秋天最后的花朵

我是秋天最后的花朵。
我曾在夏日摇篮里飘荡。
我曾守立监视北风的哨岗，
红色的火焰
在我苍白的脸上绽放。

我是秋天最后的花朵。
我是枯死的春天最年轻的种子。
像春天那样死是多么的容易。
我见过童话般晶蓝的海。
我听过死去的夏日波动的心房。
我的花萼捧着死亡的种子。

我是秋天最后的花朵。
我见过秋天深处星星的世界，
我见过远方暖炉的光烨，
走同样的路是多么的容易，
我要关闭死亡的大门。

我是秋天最后的花朵。

秋天苍白的海

秋天苍白的海，
沉重的梦梦见
一座雪白岛屿
沉入迷蒙的大海。

秋天苍白的海，
你的起伏朦胧
你的镜子忘记
流逝的岁岁月月。

秋天苍白的海，
静托宽广的天空，
仿佛生与死
在同一浪里拥吻。

黑与白

河流在桥下奔跑，

鲜花在路旁闪耀，

森林歌唱着向大地折腰。

对于我

不再有黑白深浅，

自从我看见一个白衣女子

躺在我爱人的怀间。

秋天

裸露的树围着你的房屋
不断放入天空与空气。
裸体的树向湖畔走去，
用湖水映照自己。
一个小孩仍在秋天的灰烟里玩耍，
一个少女捧着鲜花在走，
天际处
银白色的鸟成群地飞起。

星星

夜来了，

我站在门梯上聆听。

星星在花园里涌动，

我在黑暗中伫立。

听，一颗星星鸣响着坠落！

请不要光脚走入草丛：

我的花园布满了碎片。

海岸诗二首

一

我的生命如此裸露，
就像灰暗的岩石。
我的生命如此冰冷，
好似雪白的山顶。
但我的青春有着滚烫的面颊，
她在欢呼：太阳来啦！
太阳来了，我裸身
躺在礁石上，躺了整整一天——
一阵凉风从红色海面吹来，
太阳下沉了！

二

你白嫩的身体
躺在灰色礁石上哀叹
来去匆匆的岁月。
你小时候听过的童话
在你心里呜咽。
没有回声的沉寂，
没有镜子的孤独，
溢过缝隙，天空在变蓝。

一根蜡烛在窗台上站着

一根蜡烛在窗台上站着，
它慢慢地燃烧，
说屋里有人死了。
松树沉默，
小路在浓雾笼罩的墓园
突然止步，
一只鸟在哭——
屋里那人是谁？

漂泊的云

漂泊的云留在了悬崖上，
它们久久、久久地等待：
它们宁可与太阳攀援雪山的顶峰，
也不愿随狂风飞向平原。
漂泊的云挡住了太阳的路，
丧旗低垂。
山谷里，生活拖着沉重的脚步在走，
一支钢琴曲飞出敞开的窗户。
山坡铺开缤纷的地毯，
山顶上，永恒的积雪白糖般闪烁，
冬天慢慢朝山谷走去。
树露出微笑。

林中湖

一个人待在阳光下的
森林淡蓝的湖边。
天上飘着一朵云，
水中浮着一座岛。
夏日熟透的甘甜
从树上珍珠般滴落，
其中小小的一滴
滴入我敞开的心窝。

星夜

徒劳的折磨，

徒劳的等待，

世界像你的笑一样空虚。

星星沉坠——

冰冷美妙的夜。

爱在梦中微笑，

爱梦见了永恒。

徒劳的畏惧，

徒劳的疼痛，

世界比零更少，

永恒的戒指

从爱的手上滑入深渊。

词语

烫热的词语、美丽的词语、深沉的词语……

它们像夜晚

看不见的花朵吐露芬芳。

它们的背后蹲着空虚的宇宙……

它们可是爱情的火炉

冒出的青烟?

通往幸福的路

感受奇迹的发生
该是多么的不可思议——
幸福的路并不存在，
通往幸福后院的小径
并不记得有谁快乐。

啊，幸福鸟在狩猎，
是因为走投无路，
或找不到栖处。
做童话的幸福国王
无非也只是空欢一场。

我们等待白天的奇迹，
但白天冷却，枯萎。
啊，请问，疲惫的心，
你的梦，你的幸福之星
是光，还是背叛？

昏暗

这片阴郁的森林
住着一个生病的神。
这片昏黑的森林鲜花如此暗淡，
鸟儿如此羞涩。
风为何不停嘟哝“小心”？
难道昏暗的路布满了凶兆？
生病的神在阴影里躺着
做着一个个噩梦……

在森林里……

我在森林里迷了很长时间的路，

我寻找小时候听过的童话。

我在高山上迷了很长时间的路，

我寻找青年时代建造的梦的宫殿。

我在爱人的花园里没有迷路，

那里，有一只我的梦追随的欢快杜鹃。

幸福猫

我抱着一只幸福猫，
它咪咪在叫。
幸福猫，幸福猫，
请送我三样东西：
送我一枚戒指，
它会说我幸福；
送我一面镜子，
它会说我美丽；
送我一把扇子，
它能扇走我沉重的思想。
呵，幸福猫，幸福猫，
现在给我看看我的来运如何！

森林明媚的女儿

呵，不就是昨天
森林明媚的女儿在庆贺自己的婚礼？
那时，所有人都眉开眼笑，
那时，她是轻盈的小鸟，清澈的泉水，
她是隐秘的路径，欢笑的灌木林，
她是无所顾忌的酣醉的夏夜。
她狂歌曼舞，她仰天大笑，
她是森林的女儿；
她从杜鹃那里借来了一支短笛，
吹着，从一个湖走到另一个湖。
森林明媚的女儿庆贺自己婚礼的时候
我们个个欢天喜地。
森林明媚的女儿摆脱了渴望，
她金色的长发，慰藉了所有梦想，
她白嫩的皮肤，唤醒了一切欲望。
森林明媚的女儿庆贺自己婚礼的时候，
云杉得意地耸立沙丘，
松柏孤傲地屹立悬崖，

杜松在阳光照射的坡上欢舞，

小花朵们戴上了白色衣领。

那时，森林把种子撒向人心，

湖水在他们眼里荡漾嬉戏，

白蝴蝶不断地、不断地从他们身边扑扇而过。

我们女人

我们女人，我们如此接近这褐色的大地。

我们问布谷鸟对春天有何期盼。

我们张开双臂拥抱光秃的松树，

我们在落日中探问预兆和出路。

我曾经爱上一个怀疑一切的男人，

他在一个寒冷的日子到来，两眼空虚；

他在一个沉重的日子离去，面带遗忘。

如果我的孩子死了，那是他的……

拂晓

最后几颗星星在微弱闪烁
我从窗口凝视它们。天空灰暗，
你没察觉白天已从远方到来。
舒展身子，静躺湖面，
有一声低语在树林中等待，
我的旧花园在半睡中聆听
一路呼啸而去的黑夜的呼吸。

北欧的春天

我所有的空中楼阁都已冰雪消融。
我所有的梦想都已化作随流水而去。
我爱过的东西只剩下
深蓝的天空，几颗黯淡的星星，
风在树林中缓缓移动。
空虚沉睡，河水安宁。
年老的松树默默站着，
思念梦中吻过的白云。

悲叹的花园

啊，窗在凝视，

墙在追忆，

花园也许在哀叹，

树也许转身在问：谁没有来，是否发生了意外？

为什么空虚如此沉重，一语不发？

忧伤的康乃馨云集在路边，

那里，云杉的阴郁让人百思不解。

索德格朗家的大房子

索德格朗家乡莱乌拉冬景

古怪的海

奇异的鱼潜入深底，

陌生的花在岸边闪耀；

我看见红黄两色和所有的其他颜色——

但最危险的是这绚丽的，绚丽的大海，

它使人焦渴，沉醉于新的冒险：

童话里发生的事，一定也会在我身上发生！

低矮的岸

空中高飞的鸟
并非为我而飞，
但岸上沉重的石头
则为我而栖。
久久地，我躺在阴郁的山脚
聆听风的号角
穿梭粗壮的松树。
我俯卧着注视远方：
这里一切都如此陌生，激不起任何回忆，
我的思想不会在这片土地上生长；
这里空气凛冽，石头光滑，
这里一切已死，激不起任何快感。
只有春天弃下的那根破裂的笛子仍鲜美动人。

山顶之歌

落日沉向涌溅的泡沫，岸在沉睡，
有人站在山顶歌唱……
歌声跌入大海便立刻消亡……
歌声隐入松林，黄昏将它带走。
当一切归寂，我想到
黑夜的礁石上那摊从心脏流出的血
恍惚觉得
歌声在诉说某个不再归来的东西。

傍晚

我不想倾听森林述说的
忧伤故事。
细低语仍在松林里回响，
树叶的叹息仍在喧嚣，
影子仍在阴郁的树干间移动。
到大路上来吧，这里没人会来。
傍晚在沉默的沟旁做着浅红的梦。
路慢慢奔跑，路悄悄地上升，
并久久地回望落日的余晖。

陌生国度

我的灵魂太爱这些陌生的国度，
仿佛我根本就没有祖国。
遥远的国土竖着一块块巨石，
我思想在上面息歇。
有一个异乡人
在一块名叫“灵魂”的顽石上
雕刻奇异的文字。
我日夜躺着
想着不曾发生的事：
我焦渴的灵魂得到了狂饮的机会。

不要让你的骄傲跌落

不要让你的骄傲跌落，
裸露的你，不要
在他怀里柔软地滑动，
宁愿走开，流落人间
你，从未流过
从未被审判的泪水。

对纯真的赤子之心，
追求幸福是多么的容易，
但我们的灵魂只会战栗。
对及时行乐发现丑恶的人，
除了突然冻僵，
别无他路。

两个女神

看到幸福的面孔，你会失望：
这个被膜拜、被热议的女神
是一个神态慵懒的贪睡者。
这位女神中的佼佼者，
她主宰着风平浪静的大海、
绽放的花园、无尽的日照，
你决定不再为她效劳。

痛苦带着深邃的眼睛重新向你靠近，
这个最有名望，
从不被理解，不召自来的女神，
她主宰着咆哮的大海，沉翻的船只，
主宰着生命的囚徒
以及与孩子一起躺在子宫里的沉重的诅咒。

笼中鸟

蔚蓝海边一座白色宫殿，
有一只鸟被囚在金色的笼中。
玫瑰们在许诺情欲和幸福。
而鸟则在述说一座山顶的村落，
那里太阳是国王，宁静是王后，
那里，瘦小的花朵
在证明反抗和持久的生命。

告别

我的心变得怪异、冰冷，

自从我渴望你的抚摸。

我的姐妹还没有发现，

我在回避她们，

我不再与人交谈，

我不知道我为什么

常亲吻睡在我怀里的小猫。

我渴望悲凉，

但我的心却欢腾雀跃，嘲笑一切。

我的姐妹啊，我干着我不愿意干的事；

我的姐妹啊，请把我拉回你们的怀抱——

我不愿离开你们。

但只要我闭眼，他就站在我面前，

我的思想总萦绕着他，很少与人分享。

……

我的生活像轰鸣的雷电一样可怕，

我的生活像水中的倒影一样虚幻，

我的生活正走着空中的一根钢索：
我不敢正视。
我昨日拥有的企盼
已像棕榈树最低处的叶子枯败；
我昨日所做的祈祷
没得到任何回应，
我已收回我所有的言辞，
我已把我的财产
分给了祝我快乐的穷人。
我静心细想
除了头上的黑发，
两根蛇一样盘曲的辫子，我一无所剩。
我嘴唇变成了炽热的煤块，
我忘了它们开始燃烧的时刻。
把我青春焚毁的火是多么的可怕。
啊，厄运将像斧子劈来——
我走了，悄悄地，不与任何人道别；
我走了，将一去不回。

一个劝告

皇后问身边的谋臣：

“我丈夫爱的究竟是哪个女人？”

——他爱让他血液沸腾的女人。

“但哪个我必须全力对付？”

——对付你的黑色心境。

“但怎样才能对付那黑色心境？”

——让使者在太阳西下时吻你！

悲哀

我美丽的妹妹，请不要攀山顶：山欺骗了我。
它们没有给我的企盼带来任何东西。
为了吸取教训，从遮暗我道路的
羽毛般稠密的云杉上，我折下一根树枝
并沿着来路返回大海。
大海把撕碎的玩具扔向沙滩。
——我徒劳地寻找着一块为我添色的宝石。
来，请坐在我身旁，我要对你诉说哀伤，
我们将彼此敞开衷肠。
你让我看你的美，你洞察世界的方法，
我将让你分享我的沉默，我聆听的习惯。

我的灵魂

我的心不会倾诉，不懂真理。

我的心只会哭泣、欢笑，扭动双手，

我的心不会回忆、辩护，

我的心不会思考、论证。

小时候我见过大海：它是蓝的。

年轻时我遇到一朵鲜花：它是红的。

此刻我身边坐着一个陌生人：他没有颜色。

我怕他甚于少女害怕蛇。

骑士到来，少女倏红又白，

但我的眼睛四周只有一道道黑晕。

爱情

我的灵魂是一件染着天空颜色的浅蓝衬衫；
我把它扔在海边一块礁石上，
裸身向你走去，用女人的姿势。
用女人的姿势我在你身边坐下，
喝葡萄酒，吮吸着玫瑰的芬芳。
你发现我很美，像梦中见到的一般。
我忘掉了一切，忘掉了我的童年和祖国，
我只知道你用抚摸将我绑住。
你笑着拿来一面镜子，让我照自己。
我看见我的肩膀是一块正在碎裂的泥巴，
我看见我的美病了，我只有一个愿望：消失。
啊，请紧紧搂住我，让我不再有任何渴望。

反光的井

命运说：你要苍白地活着，还是想鲜红地死去？
我的心决定：要鲜红地活着。
我居住的国家一切都是你的，
死神从未光顾这王国。
我天天坐着，双臂栖在大理石井口。
如果有人问我，幸福是否来过，
我将微笑着摇头：
幸福在远方，那里一个少妇在缝制襁褓；
幸福在远方，那里一个男人在森林里修建房屋。
这里，鲜红的玫瑰围着无底的深井绽放；
这里，美丽的日子映照着自己的笑脸，
巨大的花朵失去了最美的花瓣。

三座坟墓的歌

傍晚时分，她在浸满露珠的花园歌唱：
三株野玫瑰将在夏天覆盖三座坟墓。

第一座墓躺着一个男人——
他沉沉地睡着……

第二座墓躺着一个满脸忧伤的女人——
她的手拿着朵玫瑰。

第三座墓是精神之墓，它阴郁，
那里有个天使夜夜坐着歌唱：无法宽恕的是疏忽！

陌生的树

陌生的树结着硕大的果实，
陌生的树拎着一串串紫色
站在阳光山坡上低语：
来，过来，金色女儿，秋天的游子，森林的倾听者，
我将告诉你幸福从何而来，为何而去。
请把手放在我身上，我将用秋天的喜悦笼罩你四肢。
来，过来，抚摸者，童话般的人，红发女人，
我将给你指出没人能自己找到的路。
来，过来，面色惨白者，热血的渴求者，
你应该远离这里，到举目无亲的地方去，
那里你会遇见东方的眼睛，
它们不会刨根问底，它们沉浸在哀伤里，
你应该远离故土，过幸福快乐的生活！

两条路

你将放弃你的老路，
你的路很脏：
那里走着目光贪婪的男人。
幸福！你听见所有的嘴都在谈论这词。
路的远方躺着一具女人的尸体，
兀鹰正撕咬着它。

你找到了你的新路，
你的路很干净：
那里，没有母亲的孩子边走边触抚着罂粟花；
那里，穿黑衣的女人边走边诉说着哀愁。
路尽头一个面色苍白的圣徒站着，
脚踏毒龙[1]。

---

① 毒龙：与中国神话中的龙不同，欧洲的龙长着一对肉翅，外貌与恐龙类似，是恶魔的象征。

三个姐妹

一个喜欢甜美的野草莓，
一个酷爱鲜红的玫瑰，
另一个喜欢死者的花环。

第一个结了婚，
人说，她很幸福。

第二个全身心爱着，
人说，她很不幸。

第三个变成了圣徒，
人说，她会获得不朽的皇冠。

基督的忏悔

幸福并不是我们梦寐以求的东西，
幸福并不是我们记得的那一夜，
幸福并不在期盼的歌声里。

幸福是事与愿违的事物，
幸福是不可理喻的东西，
幸福是为众生而立的十字架。

美

美是什么？所有的灵魂都在追问——
美是每一场奢侈，每一朵火焰，每一次充溢，
每一个巨大的贫困；
美是对夏天的忠贞，对秋天的裸露。
美是鹦鹉的羽衣或预示风暴的落日。
美是清晰的特征，独特的音调：那就是我。
美是巨大的损失，默默送葬的队伍。
美是折扇摆布命运的轻轻一扇。
美是玫瑰般四溢的情欲，
或因阳光的闪耀而对一切的宽恕。
美是僧侣选择的十字架或女人从情人那里得到的项链。
美不是诗人给自己倒的稀薄的蘸酱，
美是发动战争，寻找幸福，
美是为更高的权力服务。

国王的忧伤

国王禁止在宫内使用“忧伤”一词，
以及让人疼痛的“不幸”，“爱情”与“幸福”，
但“她”和“他”仍然还在。
皇后像抚摩孩子一样地抚摩他，
天黑时他躺在她怀中
痛苦地睁大着双眼。
他惊恐地听着那些接近房门的脚步，
仇恨在他脸上蔓延。
只要宫女发出泉水的笑声
国王就面色煞白，改换话题。
从此，年轻的金发女人
出入宫廷都必须蒙上面纱，
身穿短裙的小舞女
全被赶出了宫门。
春天来了，国王没去花园赏花，
他躺在自己朝北的屋里
春天从窗口投入一道蓝蓝的目光。

生命的妹妹

生命酷似她的妹妹——死亡

死亡也同样如此。

你可以抚摸她，握住她的手，梳弄她的头发，

她会递给你花朵，微笑。

你可以把头扎入她的胸怀，

听她说：走吧，是时候了！

她不会告诉你：她是另一个人。

死亡不会朝绿色大地俯卧，

或仰卧白色的灵床。

死亡面带绯红到处走动，与众人交谈。

死亡神情淡定，眉目虔诚，

她把柔软的手放在你胸口。

谁碰到这柔软的手，

谁就无法感受阳光的温暖。

她冷若冰霜，一个人都不爱。

选自《小东西童话》

那懒虫终于起床了——他把手
插入花蕊，
摸叶子的底部，
他找寻黑色毛毛虫，想把它弄死。
他在草的阴影下酣睡之时，
毛毛虫一口咬掉了他的脑袋。
三个女人参加了他的葬礼：
他妹妹在哭；跟妹妹一起的
还有一个戴紫丁香面纱的女舞蹈演员，
她想表明身份。
一个他不曾爱过的女人独自在走。

在海边

天下雨，海变灰的时候，我就生病……
我与太阳一起欢笑，与海逗乐：
我唯一爱的是滔天巨浪。
我住在一个聚集着许多蝙蝠的洞里，
但我白净优雅，有一双欺骗的眼睛。
我的脚是我见过的最美的东西。
我常用海水泡它们。
我的手精美迷人，
我像含笑的海岸一样闪烁。
行人走过，我盯视他们的眼睛，
让他们神魂颠倒。
当我手支着脑袋——
哦，是什么总让我如此忧伤？
有一次我向礁石狠狠地撞去，我想死，
因为我把我的双臂
白白地伸给了一个陌生人……

生活

我，自己的囚徒，说：

生活不是穿浅绿天鹅绒的春天，

或很少得到的一次抚摸，

生活不是起身就走的决定，

或把人挽留的一双白嫩的臂膀。

生活是把我们套住的那狭小的环，

是我们跨不出去的那无形的圈子；

生活是与我们擦肩而过的幸福，

是我们无法迈出的千万脚步。

生活是蔑视自己，

是躺在井底不动，

是知晓太阳在头顶上闪耀，

是金色的鸟儿穿越天空，

和岁月一起箭般地飞逝。

生活是挥手告别，回家睡觉……

生活是成为自己的陌生人，

给所有到来的人准备新面具。

生活是糟践自己的幸福，

推掉那唯一的瞬间，

生活是认为自己软弱无能，无所作为。

地狱

啊，地狱多么可爱！

地狱里没人谈论死亡。

地狱用地球内脏砌成，

墙上缀满滚烫的花朵，

地狱没人会空谈……

地狱没人喝水，没人睡觉，

没人休息，枯坐。

地狱没人说话，但都在呐喊。

那里眼泪不是泪，一切痛苦都软弱无能。

地狱没人生病，没人厌倦。

地狱是永恒不变的。

企盼的灵魂

我独自待在湖边的树林里。

我和湖畔年迈的松树亲密相处，

与年轻的花楸树心心相印。

我躺在地上等待，

没人经过我这里。

硕大的花从高高的枝上投来目光，

苦涩的藤蔓钻入我怀抱，

我只有一个名字奉献给世界，那就是爱。

痛苦

幸福没有歌声，幸福没有思想，幸福什么也没有。
请把你的幸福捣碎，因为幸福是邪恶的。
幸福带着早晨沉睡灌木里的沙沙声慢慢走来，
幸福披着云朵滑过暗蓝色的深处；
幸福是睡在正午炎热中的田野
或在直射阳光下舒展的大海无边的水面，
幸福软弱无能，她昏睡着，呼吸着，对世事一无所知……
你认识痛苦吗？她高大强壮，攥着隐秘的拳头。
你认识痛苦吗？她是哭红眼睛满怀希望的微笑。
痛苦给我们所需要的一切——
她给我们打开冥府大门的钥匙，
她在我们犹豫之时把我们推入大门。
痛苦给孩子洗礼，与母亲一起熬夜，
打造金色的结婚戒指。
痛苦主宰着所有人，她抚平思想者的额头，
她把珠宝挂在被追逐的女人的颈上，

她在男人离开情侣的时候横在门口……

痛苦还给了自己心爱的人什么？

我不知道。

她给他们珍珠和花朵，她给歌声和梦想，

她给我们成千上万个虚幻的吻，

她给我们一个唯一真实的吻。

她给我们奇异的灵魂、怪诞的思想，

她给我们大家生命最大的收获：

爱情，孤独，以及死亡的面孔。

「1918」九月的诗琴

芬兰评论家、索德格朗的好友黑格·奥尔森一直不遗余力地介绍索德格朗的诗歌

索德格朗的母亲海伦·索德格朗热情支持女儿成为诗人的梦想

开首语

我写的是诗，这点谁也无可否认，但我并不想把它们称为格律体。我在某种节奏下创作了一些具有反叛特点的诗作，从而发现只有在绝对自由的前提下，我才能够把控好词语与意象，也就是说，割舍韵律。我的诗可被视作粗犷的手绘图，至于形式，我则让我的直觉服从智力的监视。我的自信归结于我看到了自己的天地。任何把我缩小的做法对我都是不公的。

作　者

存在便是胜利

我怕什么呢？我是无穷宇宙的一部分。

我是宇宙伟力的一部分，

是数亿万个世界中的一员，

是最后一颗熄灭的超级巨星。

啊，活着就是胜利！呼吸就是胜利！存在就是胜利！

胜利，感觉时间在它血管中冰冷地流淌，

听到夜的宁寂的河流，

漫过阳光照耀的山顶。

我在太阳上走，我站在太阳上。

除了太阳我一无所知。

时间——变化之女神，时间——破坏之女神，

时间——魔法之女神，

为赋予我生命你来的时候是否携带千百个新骗局，新诡计？

就像一粒小小的种子，一条盘曲的蛇，一块海里的礁石？

时间——你这谋杀者——请从我这里滚开！

太阳用甘美的蜂蜜充填我心胸，

她说：有一天所有的星星都会熄灭，但它们无所畏惧地燃烧着。

1916年

致一个年轻女人

烫热的秋波远远不能算作是欺骗。
请把男人的心紧攥在你稚嫩的手中！
把男人的烈焰拖入你眼睛的冰窖！
你相信爱情就如同你相信天堂。
他会把心给你，连同王国，以及春天的花朵，
而你给他让远方变蓝的温柔的希望面纱。
你的呼吸尚未触弄他喘息的狂喜之光。
你的目光尚未测量他信仰的广度。
你的脚尚未踏入他锁着的命运之环；
他是红是黑，对你都一样。
但有朝一日你会枯死在他身上，
就像一朵挂在枝上的花，
那时，你的光是他的夜晚，他的枯竭是你的清泉，
那时，你在宫殿的走廊徘徊，感觉自己在爱，
而他则靠着你白净的面包生活，
他的血一味地注入你母性的温馨小溪。
而这一切将变得沉重、诡异，僵硬而缠绵。

1916年

黄昏

庞大的夜蓄着浓密的胡须走来，
对着被它遮去一半的世界微笑。
暮色中，巨人似的公园轮廓
畸形地从沉默的丁香那里伸展。
温馨的丁香长着困睡的耳朵，
她们梦见太阳走到了地上……
哦，梦样的黄昏又怎能阻止
醒着的思想从它身边悄然走过……

1916年

强大的风信子

谁也无法让我相信龌龊的苍蝇——

复仇与小小的欲望。

我相信渗溢古老汁液的强大的风信子。

百合就像我自身的锋利那样纯净，能治愈伤口。

谁也无法让我相信肮脏的苍蝇——

复仇与小小的欲望。

我相信星星在为我的欲望铺路——

在太阳与南方，在北方与夜晚之间的某处。

1916年

发现

你的爱弄暗了我的星星——

月亮从我生命中升起。

我的手在你手上感到不适——

你的手是情欲，

我的手是情感。

1916年

明天会怎样

明天会怎样？也许不是你。
也许是另一个怀抱，一次新交往，一种相似的
　痛苦……
我将带上我独有的信念离开你，
并将作为你痛苦的一部分返回。
我将带着新策略从另一片天空走向你。
我将带着同样的目光从另一个星球走向你。
我将带着改头换面的旧情走向你。
走向你，怪异、恶毒，忠贞，
迈着野兽在你心的遥远沙漠家园行走的脚步。
你将徒劳地与我搏斗，
就像人与命运搏斗，与幸福，与星相。
我将微笑，把线缠在我指上，
我将把你命运的小线团藏在我外衣的皱褶里。

1916年

少女之死

少女粉色的心不会迷途，
她对自己了如指掌，
她还知道别的：知道人类与大海。
她的眼睛是蓝莓，她的嘴唇是野草莓，她的手是蜡。
她在金色地毯上为秋天起舞，
她曲蜷身子，旋转。她倒下——熄灭。
她死了，没人知道她的尸体在森林里躺着——
人们长时间在海边的鸥鸟中找她，
而鸥鸟却在赞美长着红贝壳的蛤蜊。
人们长时间在酒杯旁的男人堆里找她，
男人在公爵的厨房争抢磨亮的菜刀。
人们长时间在野百合的原野上找她，
昨夜她丢失的一只鞋正躺在那里。

1916年圣诞夜

小老头

小老头在数着鸡蛋。

他每数一次，蛋就少一个。

啊朋友，别给他看你们的金。

森林里的树

森林里曾长着一棵树，
美丽，高大——
我见过——
它高出低处的迷雾和地平线上冷冷闪烁的塔尖。
……
此刻，闪电击在了那里——
谁能阻挡
轰响的雷鸣和劈砍的闪电？
我见过森林里的那棵树，
并铭记在心，
只要歌声的旋律还在。

1917年

艺术家的鬼脸

我只有这件闪光的披风，
我红色的无畏。
我红色的无畏
在破烂的国度里闯荡。

我只有腋下的这把里拉[①]，
我绷紧的七弦。
我坚硬的琴
为行人和牲口演奏。

我只有一顶高戴的花冠，
我飞升的骄傲。
我飞升的骄傲
把琴夹在腋下，鞠躬，道别。

1917年

① 里拉：古代欧洲希腊民间的一种弹拨乐器，象征音乐的标记。

公牛

公牛在哪儿？

我的性格是一块红布。

我没看见充血的眼睛？

我没听到急促的喘气？

难道大地没在疯狂的蹄子下颤抖？

没有。

没有角的公牛站着；

他在牛棚旁吃草。

那块最最鲜红没受惩罚的布在迎风招展。

祈祷

主，万能的，请宽恕我们！

请看一眼我们祷告的井，它越来越深。

七天七夜

我们从这井中

为你汲水。

三年半载

我们在同一地方

向你乞求：

让我们走入你苦思冥想的安静的小屋。

1918年

世界正在血泊中浸泡……

世界正在血泊中浸泡，因为上帝必须活下去。
由于他的神圣要生存，其他的一切必须毁灭。
这永恒者如何满足自己的欲望，
众神饮用何物才有力量，我们凡人又知道什么？
上帝要重新创造世界。
他要把世界改造成一个更为清晰的符号。
于是，他系上一根闪电的腰带。
于是，他戴上火焰喷吐的刺的王冠。
于是，他用盲目和黑夜遮蔽世界。
于是，他冷漠地观望，用造物主的手紧捏住地球。
没人知道他在创造什么，但一阵战栗
掠过半醒的知觉，就像你俯视深渊时出现的晕眩。
唱诗班的赞歌尚未轰鸣，
世界沉寂，像日出前的森林。

1918年

啊，我那被太阳之火点亮的群峰……

啊，我那被太阳之火点亮的群峰——
你们是否会把我带走？！
我要永远住在你们孤独的伊甸园里。
那里才是我的家，
那里火眼金睛的天使
跪着
吻去地上所有期盼的露珠。

啊，我那没有变暗的山顶！
我一天也不愿离开你们，
否则我就会在痛苦中毁灭。
地球第三天为我死去，
她的森林在为我的梦而喧响。
那么，对于我，什么是桥，田野和村庄？
你蓝色天空上的污点，
你明眸里的阴影，白天，
深渊的狼嚎。

啊，我那被太阳之火点亮的群峰——

我能否用自己的力量去更换世界？

如果我能康复，

这一滴甘露将满足一切呼吸的生命。

因此啊，希望，请挺起你的胸！

意志，请你生长到天的高度！

走吧，你们这些敏捷的战士，

轻松，诙谐，像全副武装的魔鬼！

……

雪白的大地，高远的天空，

我们把太阳之火点亮的山顶搁在你们的脚下。

1918年

风暴

啊人，

难道被鹰，被你们的渴望托举的

风暴

没穿越天空，

抵达完美的高度？

它在何处栖降，

这来自高处，恣意纵横，长着未来翅膀的精灵？

你们难道没有听到

风暴内部的声音？

雾中战神的头盔？

客人回到掀翻的桌前。

陌生的东西——

那更高，更美，上帝般的事物主宰着世界。

1918年

夜行

所有时间的金星都聚集我黑色的天鹅绒外衣上，

我是胜利者……今晚……我战栗。

命运的铁钳夹着我的胸脯。

风是否会把人行道上的沙子卷起？

……

死亡存在吗？不，不存在。

死亡在赫尔辛基——

他在屋顶上捕捉飞溅的火花。

我穿越广场，胸中装着自己的未来。

月亮的秘密

月亮知道……今晚热血将在这里溅洒。

一个信念在湖面的铜道上行走：

尸体将横在桤木美妙的湖畔。

月亮将在这神奇的岸上洒下最皎洁的光。

风将像起床号在松林里震响：

大地在这孤绝的时刻是多么妖娆！

云上的歌

云上住着我所需要的一切：

我天光般自信的预感，我闪电般迅疾的信念，

云上住着我自己，

——苍白，在刺眼的日光里，

并在绝世的欢乐中挥手告别。

别了，我青春的绿森林。

那里野兽在争斗——

从今后我不再脚踏大地。

啊，假如鹰用翅膀将我托起——

远离人世，

我就会获得安宁。

我独自坐在云上歌唱——

水银的嘲笑泻向大地——

大锅草和飞天花[①]在笑声中疯长。

1918年

① 飞天花：系诗人的自造词。

疯狂的漩涡

你的船要当心超人的急流，
漩涡的疯狂深渊——
你的船要当心在波涛里覆没，
它们在碎裂。
当心！——你不再是你——
生与死因力的狂欢而融为一体，
这里没有“且慢”“当心”“试一下看看”。

更强健的手在飞行中抓住你的桨。
你，一个换了血的英雄，站在那里。
平静，沉醉，一抹冰镜里的篝火，
仿佛死亡的法则与你无关：
狂欢的波涛推着你的船头前进。

1918年

落日里的风景

看呀，落日中
游动的火岛，
它们正雄健地行进在奶油绿的海上。
火中的岛屿！火炬似的岛屿！
凯旋的岛屿！
一座黑森林从深处闪现，
诡异地，嫉羡地——陶醉地，列队，
一个接一个的胜利……
贫瘠的光线，灰白烟雾里的森林
被抓起，被举起——汇成辉煌一片。
荣耀！胜利！
下跪吧，世界
昏暗角落的猛兽！
白天庄严地走向尽头——
光线被一只只无形的手剪断。

1918年

复仇

如果我不能在现实的城中
推倒塔楼，
那我就歌唱天上的星星，
就像从未有人做过那样。
我要用歌声让我的渴望——
这忙碌的女人停下，
让她把诗琴搁在一旁，
仿佛歌声的任务早已完成。

1918年

众神的足迹

众神带着超脱痛苦的心穿越生活……

众神轻松地支撑着生活，就像柱子撑着金碧辉煌的穹顶。

众神孤单地穿越生活，无法识辨。

他们始终在注视我们浑浊的大地。

只要森林和湖泊碰上他们的目光，

树和水就会变得神圣超凡。

他们走过的地方

对败者来说，走，就是安慰。

他们走过的地方

对胜者来说，走，就是欢乐。

众神的足迹不会消失；

他们从地球上走过，

让大地高耸，让人类所做的一切得到宽恕。

1918年

上帝母亲的玫瑰

上帝母亲的怀里躺着一朵玫瑰。
有一片花瓣
能治愈破碎的心。

上帝母亲的怀里躺着一朵玫瑰。
闪亮的眼睛在微笑——
谁愿医治自己的心？

众神的七弦琴

银与象牙
制成的诗琴，
这众神借给我们的礼物
如今在哪儿?
它不会消失。
永恒的礼物
不会被时间摧毁，
不会被烧成灰烬。
冥冥之中
注定的歌手到来，
并从被遗忘的穹顶
再次取下它。
他拨弄的时候
世界知晓
众神活着
在无法感知的高度。

条件

没有行动
我无法生活，
身系诗琴
我会死去。
倘若诗琴是世上最最崇高的事物，
倘若我对它忠贞不渝，
我就不是燃烧的心灵。
谁不用滴血的手指
挖开日常生活的砖墙
——但愿墙从外面坍塌——
谁就不配仰望太阳。

1918年9月

上帝还没入睡

我错在哪？

——手稿已交给了出版商，

一切就此了结。

月亮升起——我的期待走入港湾——

她在床上辗转反侧，

发出地狱的笑声：

上帝还没有入睡——

失眠的天使欣喜地簇拥着他的宝座！

1918年

启示录的天才（残篇）

人类啊，我心潮澎湃。

火焰，硝烟，烧焦的肉的气息，

这是战争。

……

我从硝烟中来——我从混乱的深渊里来——

我是分子——圣经般摇晃——启示。

我回首生命——它是何等神圣。

我的生命是战争——你们的生命是上帝的部队。

谁需要你们？深渊张开大嘴。

不可诉说的事件在宽容的命运背后发生。

怀疑者，嘲笑者，

别把你的手伸向生命的奥秘：

生命是神圣的，为孩子而存在。

……

歌手并不是竖琴的拨弄者，

不——伪装的诸神们——上帝的间谍。

旧时代的歌手——自慰吧，

优质的血——浓烈的战士之血，已注入你们的脉管。

歌手的精神是战争。

1918年9月

装甲车

我把五十节车厢的梦想运往你们的美国。
它们空手而归——
失望的运输。
我把戴坚硬面具的装甲车派往那里：
一节节车厢满载而回。

1918年9月

无忧

我不相信人。

我如果砸碎手上的诗琴，

那就是对上帝的不信。

上帝把我从雾中

领向绚丽的阳光。

他喜欢率性的漫游者。

他给了我轻松。

我相信他就像我信任一座矿。

假如我真是他的孩子——什么事都不会在我身上发生。

1918年9月

未来的队伍

拆掉所有凯旋门！——

它们太小。

为我们浩荡的队伍开辟一块地盘！

未来任重道远——我们要为无限

　筑造码头。

巨人，把天边的石头搬来！

魔鬼，把炼钢的炉火烧旺！

小妖，用你的屁股丈量长短！

在空中遨游吧，勇士！

宿命的手——请开始你们的伟业！

挖一片天空，要烧过的！

我们要拆除，奋斗。

我们要为未来的甘露拼搏。

上路吧，信使，

奇异的光已在天际浮现！

白天需要你们的打鸣。

泡沫

生命的香槟

升起一粒粒珍珠，

轻如泡沫，

香槟的心

晶莹剔透。

香槟的眼睛——

天空送来秋波。

香槟的脚——

请跟从星光！

香槟的精神——

酒杯在你手中陶醉！

光

我非常强大。我什么也不怕。

光是我的天空。

世界毁灭——

我不会。

我明亮的地平线

站在地球风暴之夜的上空。

啊，请走出神秘的光！

我的力量在坚定地等待。

1918年9月

在尼采墓前

伟大的猎手死了——

我用一排温暖的鲜花装饰他的墓。

我吻着冰冷的墓碑低语：

这里是你热泪盈眶的大女儿。

我诡异地坐在你墓旁

像一个讽刺——比你梦见你自己还要舒爽。

稀有的父亲！

你的孩子不会背叛你，

他们正迈着神的步履穿越大地，

并揉着眼睛问：哪个地方最能够让我快活？

啊，这里才是我最快乐的地方，

这里才是我父亲残破的墓地——

神，你们一定要永远好好地守护在这里！

1918年9月

最美的神

我的心最美。

它神圣。

碰上它的人，不管是谁

都想呈现它的光。

我的心轻盈如鸟，

它比地球上所有东西都脆弱。

我把它献给

一位陌生的神。

高居云端的神——

我的翅膀带我飞向那里——

最美的神，

在他面前一切是土灰。

我将头戴光环

从他那里返回——

除了夜和神，

你们什么也不会看到。

1918年9月

别收藏黄金和宝石

人啊，

请别收藏黄金和宝石：

请用煤一样燃烧的渴望

填满你们的心！

请盗窃天使眼睛里的红宝石！

请饮用魔鬼池里的冰水！

人啊，请别收藏

把你化为乞丐的珠宝；

请收藏那些给你

君王权力的财富！

把肉眼看不到的美

送给你们的孩子；

把打开天国之门的力量

送给你们的孩子！

1918年9月

黎明

我在大西洋的上空点燃我的蜡烛……

陌生的国度，夜幕笼罩的岸

纷纷向着我醒来！

我是凛冽的黎明。

我是白天的无情女神

披着头盔般闪亮的

灰雾面纱。

我的风轻轻地，轻轻地飘过海洋。

我把号角系在腰上，我没吹奏起床号……

我是否还在等待？某个神是否还在梦中逍遥？

旭日鲜红地走出大海。

1918年9月

我是个撒谎者

是罪犯，我的罪一定很深重。

是伪君子，我身上一定会掺杂神圣的事物。

是撒谎者，那就让我从天上坠落，

在你们的广场上跌碎。

是撒谎者——

那就愿神灵把我的诗琴

埋入腐烂的硫黄泥里，

愿它在无人经过的月夜

伸出求救的手臂。

是撒谎者——

那就让我在蓝天墙上的签名本上被一笔勾销，

让珍珠的文字被礁石碾碎，

让水对我的身世保持缄默，

让世界不再听我讲述童话。

是撒谎者——

美丽的天使依然会爱我

就像爱一个苦难的兄长：

我会给月亮和星星讲故事，

没有童话它们就会毁灭，

它们脆弱的美就会被碾成粉末。

1918年9月

特殊符号

上帝是懦夫吗？

难道他没把自己最勇敢的天使驱逐出天堂？

他不是——我说：

他给了我蜂蜜和苦艾酒。

我把它们洒在地上。它们芳香依旧。

他还送了我一朵鲜红玫瑰——

世上最小的一朵。

让我区别于他人——

远处的你能看到它贴着我的白衣。

1918年9月

行吟诗人的歌声

奇异的月亮！
一小时它就爬上了天空——
用非洲梦
给万物镀金。
我站在花园暗处
拨弄月琴。
塔上的公主
向我投来一枚枚星星。
湖水荡漾——
啊，珍珠，金银！——
利剑刺来
化作不朽的记忆。
我仰天大笑
丈量墙砖：
岁月呀，歌声之夜
你还能带来什么？

1918年9月

我的七弦琴

我痛恨思想——

我心爱的七弦琴在哪里，

这悬在云端，阳光做的童话丝弦？

啊，七弦琴

你像问号悬挂在人间。

……

离世的一刻

我会欣喜地扑入你的怀抱；

那时，两个精灵会从隐秘处出现

睡着把我们抱向

大西洋中央——

……

我们俩从此在世上消失，

我心爱的七弦琴！

为何给我生命

为何给我生命，
所有人都像坐着胜者马车一闪而过，
命运般无法跟上，
盲目并疯狂地
追逐更多的东西？

为何给我生命，
用戴戒指的手
抓起闪光的酒杯，
那只想装盛
更多东西的空虚？

为何给我生命，
像一本被传阅的奇书
焚烧所有灵魂，
如灰烬上的火
在追逐更多的东西？

索德格朗曾在瑞士达沃斯－多尔夫疗养院养病

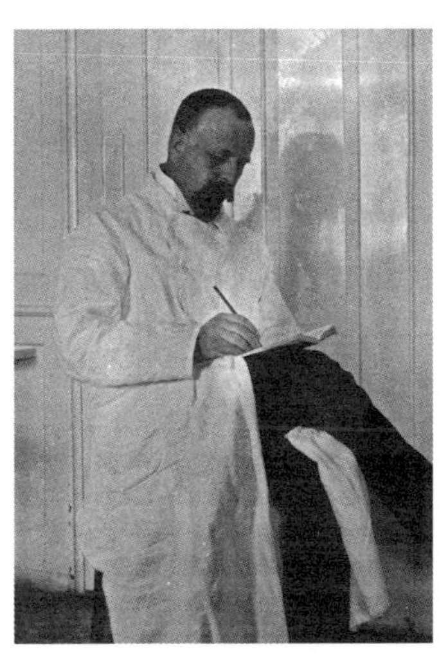

达沃斯－多尔夫疗养院的路德维希·冯·穆拉特医生曾与索德格朗相恋

断章

……

生命的细菌在你黏膜上繁殖。

城市，你这聪慧的笼罩，你没压碎我的心：

你的居民来自草原，

即使是最阴沉，最安宁，最乏味的草原

也全都为风敞开。

城市，你这受难者，你圣徒般虔诚，

城市，你令人窒息，你深不可测，

我们这些深水鱼在你深处呼吸。

彼得堡，彼得堡，

你的塔尖飘着我童年的旗帜。

那是在巨大的创伤，巨大的疤痕，

青春的忘浴[1]出现之前。

彼得堡，彼得堡，

你的塔尖有我青春的火焰，

它像粉色的帷幕，像轻快的序曲，

像巨人梦上一层厚厚的鲜花。

---

① 忘浴：诗人的自造词，可能得到《圣经》里忘川的启示。指用情欲的狂欢忘掉一切。

彼得堡，彼得堡，

请你从金色风景中站起！

我喜爱的一切我都将用碎语拥抱。

我将把记忆的紫罗兰撒在梦中黄金铺就的人行道上。

……

那么，张口又会怎样？

难道我不知道数不胜数的悲剧？

我童话的立交桥难道没越过你的屋顶？

游行的队伍难道没举着狂欢的彩旗

涌向柏林—巴黎—伦敦？

我看到的一切难道变成了一堆无法丈量的灰烬？

或者这仅只是一朵疲惫的浮云飘过？

难道我们赫尔辛基美妙的堡垒不是来自海上？

卫士，别举着世界没见过的红蓝旗站在那里！

那些表情僵硬的花岗石命运

难道没倚着三岔街，在眺望着大海？

……

或者一切仅只是梦游者眼里的倒影，

难道我客居在另一个星球的梦里？

……

天空也想走向大地。

那就爱无限吧！这是他的第一个声明。

把亲吻上帝的手指当作原初的梦。

……

那下面……那下面，替恶棍拖拉肥料的孩子，

跪下！忏悔！请不要靠近神圣的门槛——

查拉图斯特拉[①]在里面等待被选出队伍的客人。

朋友，我们像泥里的蚯蚓一样低贱。

我们中没有哪支队伍能抵抗未来的目光。

我们将与往昔一起坠入忘川。

……

未来很富，我们乞丐似的拥抱又能给它什么？

未来用胜者的后跟踩着我们前进的脚步。

我们连我们墓上的十字架都不配。

……

朋友，我用美的名义预订一个聚会——

它不在“因河花园”[②]又会在哪？

古老的村舍将站着观望：

朝我们涌来的美来自何方？

这个拍打着巨翅，陌生高大，

拆除一切的精灵又来自哪儿？

它带来忧伤，阴郁，离别和死亡。

---

① 查拉图斯特拉：出自德国哲学家、思想家尼采的里程碑式的作品《查拉图斯特拉如是说》。这本宣讲“超人哲学”和“权力意志”的杰作塑造了查拉图斯特拉的两个动物形象：鹰与蛇。鹰代表了理智与精神。蛇代表了肉体与物质。这两只动物象征着一个对立统一体。在这个统一体中对立面既相互对立又相依相存。

② 因河花园：瑞士的一个山谷，以风景优美著称。

忙碌，贪婪，苛求的美的精灵——
它在拆除我们缤纷的花坛。它砸碎天竺葵伫立的地方。
田园气息的小径不再伸向百年故居，
妖魔的路是另外一种，妖魔的路
是星球穿越宇宙的无情的飞转。
永恒的福恩风不会在我们的房顶留下石头
大地上风暴不止——
襁褓和墓穴，星光和闪电；
创造的时辰。

那么，这美是否在我们中间已死了千年，
就像睡在水晶棺里的白雪公主？
我们跨过她的鼻梁，我们踩着她的眼皮——
群山升起，行进，
举着太阳这可怕的火球，像提着一盏灯笼。
我们衰老的眼睛再也看不到什么。
我们无法抱怨。但多亏手
我们仍抓着山顶上星星的桂冠。
正在毁灭的我们祝福你，不可理喻的星夜。
一阵纯净的风将会吹过大地。
那时，人类会走出山谷，
挥洒群峰上永恒的巨大光芒。
那时宇宙会敞开。哑谜鸣响着坠入

密涅瓦[1]不可丈量的祭杯。

……

啊，人！我们必须忘掉自己

重新与宇宙融合。

我们将聆听造物主的金属之声

从事物的胸膛飘来。

把世界搂在怀里跪下的渴望

并不足以表达我们的喜悦。

穿越我们吧，永恒的风！

天国的国王，万物的福音！

……

谁听见，谁看到这一幕，

他将攀升，在神圣的山顶祭献。

---

① 密涅瓦（Minerva）：智慧女神，战神，艺术家和手工艺人的保护神，相对应于希腊神话的雅典娜。

俄耳甫斯[1]

我把蛇变成了天使。

请抬头！起立！

哦，就一会儿——别出声。

他们欣喜若狂地躺在我脚下，

做梦，吻着我披风的皱褶。

我弹奏诗琴。风吹过大地，

慢慢地，庄穆地，含着泪，

吻着美那硬冷的雕像嘴唇，

直到雕像睁开眼睛。

我是俄耳甫斯。我可以随性歌唱。

我宽恕一切。

老虎，豹，狮子

一一跟着我一起向我林中的岩洞。

---

① 俄耳甫斯：希腊神话中的诗人和歌手。善于弹奏竖琴，据说其弹奏时“猛兽俯首，顽石点头”。

企盼

我要惊世骇俗——

我摒弃了所有高贵的风格，

我卷起袖口。

诗的面团发酵。

啊，忧伤——

无法烤制教堂

形式的崇高——

梦想固执的目标。

此刻的孩子——

你的精神缺少合身的躯壳？

在死之前

我要烤制一座雄伟的教堂。

1918年9月

「1919」玫瑰祭坛

索德格朗视德国哲学家尼采为自己的精神父亲

第一部分

玫瑰祭坛

我与你们不同，

因为我比你们要多。

我是黄昏

庙宇的女牧师

负责看管

未来的火焰。

……

我走向你们

带着喜悦的音讯：

上帝的国度敞开了。

不是基督

衰败的王国，

不，更高，更亮。

人怀着感恩之心

朝弥散

芬芳

令人沉醉的祭坛涌去

祭坛立在那里——
像一声来自上帝胸口的叹息——
用玫瑰装饰它吧
让眼睛享受纯粹的美。
很快
参加祭祀的精灵
将坐下畅饮
易碎的金色酒杯。
瞬息的酒杯。

1918年9月

通往天堂与地狱的路

在命运的山上
你能清晰地看到
路如何通往天堂与地狱

人在山下
烟雾般飘浮，
他们哭着，笑着，
在一场梦中
跟着棺材入土。

啊，我多想站在山上，
那里可以看到
通往天堂与地狱的路。

首先我要攀登钦博拉索山[①]

首先我要攀登自己的
钦博拉索山，
头戴桂冠，站在那里，
一望无垠。

然后攀登荣耀的山顶，
金黄的麦地将对我微笑，
我幸福地站在那里，
被玫瑰色风景簇拥。

最后我将攀登不可攀登的
权力的山顶，
星星将慈祥地微笑，
为万物祝福。

---

① 钦博拉索山距离地心最远，顶峰离地心6384千米，被认为是“世界上最巍峨的山峰”。

在仙女们的挂毯上

日复一日
我躺在仙女的挂毯上
梦着美妙的东西。
这颗心不是为爱我而生：
她从不跨出现实的大门。
狄安娜[①]的灯
透过薄薄的神话面纱
照亮我的夜。
我无法去爱，我无法奖励我那卓绝的心，
但有一天我会躺下，变成大地最优秀的孩子，
一个小男孩
将在我石头胸脯上
吮吸大地最强壮的乳汁。
他，我称之为——狄安娜的礼物。

---

① 狄安娜（？）：罗马神话里的月亮和狩猎女神，保护女性和刚出生的婴儿。

我做的花

我把我做的花
送到你家里。
我把我的小铜狮
放在你门口。
我坐在门梯上静等——
城市喧嚣的海洋里
一颗遗失的明珠。

风暴

此刻，大地再次把自己裹进黑暗。那是
从黑夜的峡谷升起的风暴，在大地
独自跳着幽灵之舞。
此刻，人又在拼搏——哑剧对着哑剧
他们究竟想干什么？他们到底知道什么？他们
是一群被赶出阴暗角落的畜牲，
他们无法挣脱历史的锁链：
伟大的理念驱赶着自己的猎物，
他，舞者，知道他是地球唯一的主人，
命运无法操纵自己，当一个倒下
像烈焰中的房屋、朽烂的树木，
另一个将因陌生之手的宽恕而幸存。
太阳看着这一切，星星在冰冷的夜空闪烁，
孤零零的人类悄然走向那无边的幸福。

可怕的阵形

勇敢是最高尚的，我对你们说。

天使在与我们一起作战，

天国和我们站在一起。

请亮出你们的赤子之心，

让他们看看闪光的碑文。

天使紧抓住我们的战旗。

哦，这是怎样的阵形，仿佛自己已埋葬在那里——

死者跟随着，他们举着花冠，

他们紧紧跟上。

所有恐惧，成功最大的担忧

在我们心头拥挤！

你只能为这一阵慨叹，

你的喜悦过于浩大。

我必须徒步穿越太阳系

我必须

徒步穿越太阳系，

在我找到我身上红毛衣上第一根线头之前，

我预感到了这一点。

宇宙的某个角落悬挂着我的心，

火从那里迸溅，震撼空气，

并向其他狂放的心涌去。

忏悔者

我们要在孤独的森林里忏悔。

我们要在荒原上点灯。

我们要一个接一个地站起。

假如有一天我们互相把对方

比作力量和高贵的兄妹——

我们就会走向芸芸众生。

1918年9月

致强者

隐入孤独！做男子汉！

别做四肢萎缩的侏儒。

别当咬牙切齿的囚犯。

别成为被绳索捆绑的鹰。

学会像松树那样站在惊涛拍岸的陡壁上。

学会遵循星星没有文字的法则。

圣徒与英雄，柔韧的身躯，请长成真理庙宇的栋梁。

学会像风暴里的波涛那样汹涌。

把手伸给兄弟，世界会焕然一新。

秋天的悲愁将一去不返。

苦难的酒杯

苦难的酒杯最好让弱者去举，

举向苍白的嘴唇，

我的胜者之唇仍在回避。

但——不！

面色阴沉的巨人至今仍蹲在我心上，

石手紧合。

他们将走出自己的黄昏——

他们叫你：疼痛。

来吧，敲打石雕的榔头，

请凿出我的灵魂，

但愿它找到人类唇上没有的言辞。

大地化成了灰烬

大地化成了灰烬。
我穿着忏悔的衣服
在那里坐着，做梦。
啊，我的梦多么欢快！
我强大，
因为我从死神的大理石床上站了起来。
死神——我盯住你脸，我用秤砣对准你。
死神——你的拥抱无法冻结我。我是火焰。
谁是上帝？他做了什么？
请别亵渎！他就在这里。
……
我把银杯里的欢情洒向大地，
维纳斯的梦霎时惨淡无光。

我的童话宫殿

我窥探哲学家的房间
知道他很幸福……
而我的童话宫殿
用脆弱的柱子
撑着。
啊，我的童话宫殿，
坍塌吧，
坍塌成金色瓦砾。
我实在太爱你们——“轰隆”。
我重新建造你们，
战栗着。
为了摧毁你们——太美了。
我的童话宫殿
有一天你们将矗立大地……
那时我会扔掉榔头和凿子……
对于我，世界已结束……

神在哪儿……

神在哪儿？在我心上，
在我破碎、疼痛而狂喜的心坎，
只要歌声荡漾。
啊，神，人短促的一生又能怎样！
我已领教你们的魔力。

神，你们朝我走来……
我疲惫地躺下，梦见你们……
哦，神，当我浑身是力，
当我的血汇集一起聆听你们的声音
你们会天天来看我，
对我低语，
低语那些你们脚趾上钻石一样不朽的话。
哦，神，神！
我用我的软弱找到了强大的词语——

给你们的词！

被你们魔幻的手触弄之后，

世界难道真的再也无法言表？

没人看到世界。

你们把它藏到了垂帘背后。

……

一束光打在我荒凉的路上。

工具的抱怨

生活因我而再次坠入蓝色烟雾。
我站在高出一切的地方，
头顶上只有虎视眈眈的青铜天空，
我主宰着它。
我肩上的担子为什么突然被挪走？
我的心为什么披上盔甲？
不能够做人吗？
漆黑的悲哀躺在我身后的路上，
我，一个无家可归的神，在粉色的阴影里徘徊。
……
万能的神，你把我的心撕碎，
把我弄成你的工具。
我的身心都属于你，
还有我抵押的剩余生命。
我恸哭。泪在我走过的地方挥洒，
我那石头般心肠的泪。

我的嘴在哪里能找到怨言？

我的白天黑夜

都已写入你的书中，哦，神！

这世上没有一样东西属于我，

没有，除了一朵弱小的花。

啊，成为最富有的人！

把它写在额头，

在危难中

玩弄命运诡异的游戏。

神来了……

人对自身了解得太少，
总觉自己可怜，并如此活着，
他们不知道无法辨识的神
就居住在他们体内。

神在笑。生活是他们的。
他们驾着光华四射的马车。
车上坐着幸福的皇后，
人们窃窃私语，说着她的名字。

跪下，人！神来了。
神从满面尘垢的脸上站起，
神把整个世界举到自己的高度。

1918年

变

风中是多么的愉悦……

无穷的吻……

我的生活为什么变得如此枯寂？

静得可怕……

欢乐的童话公主，

你的心比海洋激荡。

难道你白长了心？

时间，请听我歌唱！

地狱里的人只要放声歌唱，

天堂就会用回声应答。

啊不，我的心，你在穿越烈焰！

命运不怕我的上帝形象？

幸福小天使不会听从我手势的召唤？

未来难道在我召唤时不会到来？

1918年9月

诅咒

我该怎样向你们倾吐我的肺腑之言？

神多么轻浮，随意玩弄自己的词语。

我该如何诉说脆弱的人性并不喜欢我的言辞？

我想说：我为你们敞开了胸，

我的意志用铁钳夹住你们，

像夹住疼痛、恐惧、病魔与爱情，

我要你们因我的意志而变得软弱。

我要你们撕碎自己的心，

要让野蛮，非人性的妖魔缠住你们的躯体

把你们的生命炸成粉末。

妖魔，我要用全部的注意力盯视你们，

我的目光凝聚着我的整个生命。

妖魔，难道我的力量无法把你们招集？

我铁下心把金诱饵扔在你们面前。

我的血在顽固地哗哗流淌。

你们会朝我走来吗？你们，深处的吸血鬼？

喜马拉雅山的梯上

喜马拉雅山的梯上
坐着伟大的毗湿奴[1]
他在梦游。

无边的，是喜马拉雅的夜。

身着白衣
小小的朝圣者立在紫色的光中。
万能的神，
让你的梦把我带走……
我想看到你的心愿——并毁灭……

---

① 毗湿奴（Vischnu），印度三大神中的保护神。他有四只手，分别拿着神螺、神盘、神杵和莲花。他是仁慈和善良的化身，具有无所不能的力量，保护和维持着宇宙和宇宙秩序。

海洋之歌

啊小心、小心地，

你又把什么贴向了胸口？

它们是否与你一样，

就像大海

有着嚎啕的海洋的疯狂？

海洋啊海洋

你不住地渴望

从一道岸扑向另一道岸，

在夜里冲撞

礁石，让它们发出回响。

海洋啊海洋，

当你平息愤怒

你又是一片蔚蓝。

新年的太阳从你的隐秘处升起，惨白，

但带着必胜的信念。

波涛僵硬的舌头始终在赞美玫瑰的力量。

疑问

我只需要上帝的恩赐。

沉醉，穿越生活。

……

啊，你，划着闪电的现实……

……有盘子

装我滴落的玫瑰油吗？

火炬

我要把我的火炬插满地球。
我要把我的火炬插在
阿尔卑斯山
所有夜晚的庭院，那里，空气是祝福；
插在冻原，那里，天空是忧伤。
啊，火炬，请照亮那些受惊者、
那些哭泣者和那些悲观者受辱者的脸。
慈善的上帝会把手伸给你们：
没有美，人类一刻都无法生存。

美的雕像

我看到了美。

这是我的命！一切都在那里。

该如何感谢？

我每天都用烫热的手

采摘新鲜的玫瑰

铺在你像前，

让你的笑在它们上面栖息。

但去何处采集

才不会玷污我梦中的玫瑰？

这是我的命——

每天捧着玫瑰走向我的皇后，

跪在她脚下哭泣……

啊，何时我才能像鸟一样飞起，

带走那朵永不枯萎，唯一的玫瑰？

环

当着世界的面
你必须做出决定……
你入这环吗？
草率者不会进入。
众神会把你带走——
你躲到一边。
时候未到。
时机成熟，
你会献出你的心——
你会抓住那双戴戒指的手，慢慢地。

烈士

烈士面色惨白。
他的眼睛在燃烧。
他哀怜地望着
低处的你们。

你们，东奔西颠的
笨拙的肉身
你们对自己的悲喜
又知道多少？
你们感受过昂头的自由吗？

遭受审判的他
被宣判无罪。
最纯净的太阳
是最黑暗的酒杯。

他把牺牲者阴郁的斗篷
轻轻披在肩上：
你抚摸它，像抚摸柔滑的丝绒——
我意志的新娘。

第二部分

春天的秘密

姐姐，你似一阵春风穿过山谷而来……

阴影里的紫罗兰弥散着温馨的满足。

我要把你带往森林最温馨的角落：

那里我们将互诉衷肠，述说如何见到了上帝。

姐姐来信

姐姐的信。

啊，假如我看见你，

信又会怎么说？

当你走入，

诉说你的生活，

你波浪形的金发是否会轻轻地披在肩上？

你走动的时候裙子的褶边是否会僵硬？——

大地托举着你

……

但为什么没人看见？

为什么只有一只手在用众神的井水浇灌？

姐姐，我的姐姐，

我看到了你。

在黑暗里

我没找到爱。没遇到人。

秋夜，我战栗着从查拉图斯特拉的墓地走过：

地球上有谁听到我的脚步？

一只手臂突然将我轻轻搂住——

我找到了一个姐姐

我一把攥住她的金色鬈发——

啊，是你吗？这不可能！

是你吗？

我茫然地端详她的脸，

难道上帝就这样在捉弄着我们？

我相信我的姐姐

我独自在沙漠里行走，
坐在山上，
坐在魔鬼的石上，
那里，忧伤
已等待了千年。
我有一个姐姐，
流水织纺着她的丝裙，
月亮朝她胸口倾泄露珠，
她很美——令众神神魂颠倒。

啊，姐姐，
难道我们不该彼此讲述童话？
讲述千年的童话？
直到黎明在天际出现——
我们的新黎明。

姐姐……

难道她出卖了我?

难道她的胸口藏着一把匕首——这轻信者?

回答我——含笑的眼睛。

不，不，不可能！我不相信

精确无误的笔

已在时间的纸上描述了天使……

为什么把人性的弱点压在我身上?

我在这世上只相信我姐姐，

她所说的一切都是真的，

世界你别骗我，

我的姐姐绝不会说谎。

森林里的回声

不，不，不，所有回声都在森林里叫喊：

我没有姐姐！

我边走，边撩起她白色的丝绸礼服，

绝望地抱着它。

我吻着你，我把所有激情都注入了你，

你这心不在焉的丝绸，

你可记得她那粉白色的肌肤？

她的鞋留在了阳光里，

众神在一旁烤着冻僵的手。

下吧，雪，覆盖我姐姐的尸体！

边飞边覆盖它吧，暴雪，你这铅重的苦心！

我要用战栗描述这地方，

就像我述说一个埋葬美的恐怖世界。

我的姐姐

我曾有过一个姐姐，一个金色的孩子。
她在城里失踪了。

每次在松林
看到年轻的白桦甩动金色的刘海，
我会想起她。

她是否会带着一颗狂跳的心
和一双哭红的眼睛站在树下？
她是否会向我伸出双手？

姐姐，我的姐姐，他们把你带到了哪里？
在疲惫的床上
你会做何种欢梦？

勇敢的孩子，幸福的孩子！
我们一起等待
童话的时光。

不可表述的正向我们走来

谁能爱你，姐姐？

难道一个黑面神会把你紧搂？

你安息的时候站在你身旁的已不是同一个人！

我们用眼睛去洞穿他吗？

姐姐，难道我们不是活在所有的不可能

都是可能的童话里？啊，姐姐，

难道让玫瑰枯死的美的雕像没在嘲笑我们？

难道这朱唇没许下过许诺？

难道这额头知道，不可表述的正向我们走来？……

上帝的孩子

上帝的孩子在我身旁坐着。
金诗琴在我手上歌唱。
上帝的孩子凝视沉沉暮色。
歌声的翅膀在她头上盘旋。

哦，歌声中你看见了什么？
从冰冷黄昏站起来的
是你自己的未来，一个
具有挑战性，号召力，静等的未来。

姐姐，我的姐姐

姐姐。我的姐姐，你还年轻，
但你已经见到了上帝，
你的脸得到了祝福，它光芒四射。
自从见到了上帝，你就远离了人。
你枯坐树林，
小溪为你沉默，
鸟儿停止了歌唱。
见过上帝的人，他会目空一切，
他家在天上。

第三部分

狄俄尼索斯[1]

哦，狄俄尼索斯，你驾着太阳的马车自遥远星空而来。
哭泣的地球，一个祈祷的女人，在等待着
哦，狄俄尼索斯，狄俄尼索斯！
我听到你的马车在我们头顶上轰鸣。
“解放！”“解放！”
飞转的轮子在唱。
哦，狄俄尼索斯，狄俄尼索斯，
我纵身抓住马车，
我疯狂攥紧车轮。
拼命战取一切。
我，一束阳光，涌进你车篷。
四周只有湛蓝的天空。
当地球鸟声齐鸣，
你的马车奔驰成风暴。
所有天空都在歌唱再生。

---

① 狄俄尼索斯（？）：古希腊神话里的酒神，幸福和欢乐的象征。

氛围的残迹

一

风，风，风！

播撒我记忆花园的玫瑰和水仙，

我少女的梦在徘徊。

山竖起高墙，

高原的太阳照射我刘海。

空空的花园，你不作应答？

……

我和那死者[1]相依为命。

我舌尖上苦涩的水仙味

在不停嘟哝：离别，离别，离别，离别。

我的手紧抓他的骨灰

把它们举向天空：我拥有什么？

白色的云，请覆盖这蓝色的地狱：

证明啊，请证明

灰烬才是太阳的光芒。

① 那死者：指诗人视为精神之父的尼采。

二

我狂野的渴望盯视你。

高原的夏天就这样从森林往外注视。

高原之子又怎么会死？

夏天再次来到原野。

沼泽饮着小溪的水泡。

山谷弥漫着雾。

高原之神吹着哀婉的口琴，

知音已经远去。

那个徘徊在山顶，灵魂忧郁似光的人

已越过群山远去。

假如我爱山，我青春的梦就会深藏那里。

记忆迈着凯旋之步

越过娇嫩的藏红花，越过我情窦初开的初恋。

就这样，人们拖着一个被囚的

长着棕发、年轻苦闷的野蛮人。

难道年轻时，我没长光芒四射的金色刘海？

……

有时，野玫瑰盛开的季节

玫瑰干燥的声音会渗出粉色的奇迹。

我也如此……

……

我的记忆如行进的篝火

在遭受践踏的土地上燃烧，

就像北方的小岛被春天的白花吞没，

就像梦为异教徒、为信徒

为漂泊者举起无声的旗帜。

人何时才能目睹这些景致？

生命何时才显现它的力量？

为在晕眩中祈祷，

生命何时才能登上自己最最耀眼的峰顶？

祭献时辰

啊听，钟声在响。
这是祭献的时刻。
钟在响。
你还有什么可以祭献？
你在祭坛上
已经静躺了多年。
主动走上祭坛
人就不会感到痛苦。
你还想为谁献身？
你依旧爱着，你依旧在爱，
无需辩解。

你已献出了大地，
你在通往天堂的途中学习走路。
你手上的玫瑰已枯萎，
风不再触摸你的手。
你还想为谁献身？
钟声在响，
你是否该作出回答：
是，我用生命
确认了我自己的选择。

谐谑曲

头顶上的星星清晰无比，我大地上的心，清晰无比。
绚烂的星夜，我们是一。
我难道没坐在会断裂的星星的绳索上？
时间，是你吗，你这打着哈气同我作对的深渊？
对于疲惫的女舞蹈演员的大腿，你是危险，
危险，对于松懈的女登山者的手臂，
危险，对于绷紧的长长的项链。
——消逝吧时间！
所有的星星都在我脸上闪烁：我是你！
所有的星星都在吻我嘴唇：请留在我身边！
星星围绕着我，越来越紧，
我上身在星云深处。
哦，我在那里干什么？在哭？
夜在做梦。海神将蚌里的酒一饮而尽。
人木然不动。但女舞蹈演员
正踮着午夜的脚趾登场
下跪，伸出双臂
亲吻着美。

玫瑰

世界是我的。

无论我到哪里

我都会把玫瑰抛给别人。

雕塑家喜欢听懂自己话的大理石耳朵。

但，什么是疼痛，苦难？

“轰”的一声，一切坍塌：

我歌唱。

疼痛的巨大的圣歌从欢快的胸膛升起。

「1919」纷乱的观察

戴毡帽的索德格朗抱着她的猫“多迪”

纷乱的观察

我们居住的房子，与我们观念里人类栖居的屋宇相比，仍还只是原始时代的草棚。

我们不能说：一切。因为我们无法用一个概念来概括没有限度的东西。

自由意志是个荒谬假设，是某个抽象思维空间里天马行空、独往独来的东西。

伟大形式创造的想象，是一种尚未释放的精神，假如它没在绘画上消耗自己的能量。

虚荣最后、最高的境界，是虚荣的毁灭，就像一个女人与一个自己根本不需要的男人纠缠。

没有偏见是与事物和谐相处的保障。

把自己摧毁的生活是一桩愚蠢的事。

圣人应该知道如何减轻严厉带来的坏影响。

在概念模糊的世界，反抗自身的缺陷，是司空见惯的事情。

邪恶常常是狂暴中感到压抑的强大有机物。邪恶忍受痛苦最多并非事实，它们的痛苦并非深重，对于它们，痛苦只是一种愉悦的习惯。

高度的智力赋予脸丰富和成熟，就如同精神的脂肪登上了面孔，密涅瓦的脂肪。

普通民众的脖子现在也挂着民族主义的铃铛。好像铃铛是他们似的。

戈斯泰·贝林[①]甚至可以自豪地站在一个宠坏的读者面前，后者给了他最精美的作料；一个半人马诞生了。

了不起的成功者既是现实主义者，也是宿命论者。

道德在它未结束的地方开始，也就是说，给自己追求的完美留了一丝线索。

人类改良者的任务不是宣传道德，而是为了人的道德健康，以重塑人的外观来达到改变人的内心世界。

一切事情迄今都发生在个人身上，宗教从深层次讲只是影响

---

① 戈斯泰·贝林：瑞典小说家、诺贝尔文学奖获得者塞尔玛·拉格洛夫的小说《戈斯泰·贝林的故事》中的主人公。

到了个人而已，我们可以看到大众被改造的时代的到来。

凡夫俗子们用自己的方式表达感性，这是伟大的个性无法忍受的愉悦方式。

迄今为止，误解始终是地球上最大的强权。

最巧妙的艺术既妥协，又寸步不让。

一切冗长的真理都值得怀疑，真理只有在折断的短枝上才会出现。

我们为自己辩护或攻击他人的弱点，始终缘于害怕自己的失败，它逼迫我们竭尽全力。其实，心不在焉地投掷毁灭性的怀疑已绰绰有余。

不会拒绝内心深处的执迷，会导致一个人的毁灭。

谁也没有足够强大的个性来公开遏制人类精神的最高表达；博学和新闻等这些无关痛痒的东西只是绕道而行的做法。

我们看到的先是真理最粗略的部分，即真理本身，而更重要的——述说者，是后来才看到的。

生活围绕我们，但我们却无暇顾及，这无疑是用一种精致的方法强化了生活魅力，就像宗教信仰者眼里的天空会提升大地的诱惑力。

修道院似的乏味生活激发了现代人对娱乐歇斯底里的追求。自以为压抑的肉体于是开始使用起自己的权利。梅菲斯特[①]会欣然将这些无头苍蝇弄到光溜的冰上——他可以一次倒满让自己满足的酒杯。

戴着清教徒面具的聪明人一旦看到真理，就会千方百计地为自己辩解。

一个没有宗教信仰的人会对梅菲斯特和天使的歌声永远怀有某种同情。

被曲解的宗教有可能变成没有文化的根源，那时，信仰者会对艺术和科学装聋作哑，躲避有用的巧妙影响。

警句的艺术十分诡异：它就像玩纸牌一样玩着对立，平淡无奇。而真理往往是平淡的。放诸四海皆准的真理在编织自己贵重的衣服。

说自己爱人类是歇斯底里，说自己不爱人类是软弱——用强权让他们成为该成为的人才是唯一正确的做法。

---

① 梅菲斯特：歌德的代表作、诗体悲剧《浮士德》里引诱主人公浮士德的魔鬼。

心缺少温善的人，会竭力追求温良，追猎无把握的事情，而且内心会有很多敌人。

小人物天真地守着自己的美德，或许美德对他们来说过于新鲜。

尚未诞生的有才华的思想家所用的词语应该比现在的哲学家少。这样，人就可以避免重体力活。

无产者的懒惰是一种萎缩的生活能量。无产者是一种大地质疑的生物原子：你吸我到底是为了什么？大地喜欢那些用深扎的根来汲取有水分的植物。

有一样东西我们比别人先拥有：我们自己。

没有人可以牵着星星走，你唯有跟随。

一个人完全配得上自己婚姻的配偶。

想让人升华，最佳的方法是高估，而不是贬低。

梦游者向彩票所走去，想中头奖。

智力高蹈之时，所有的智力都会仰慕，不管人还是昆虫。你只好睁大眼睛，注视智力深处的魔性。

丑陋在高贵被玷污时朝你走来。因同样原因，丑陋有一天在我梦中出现，我看见邪恶的婆娘大笑着把婴儿一个个溺死在浴盆里面，我看见海边、山坡到处在杀戮，人的手和树枝沾满了鲜血和脑浆。这一切如此野蛮、丑陋，好像不会在现实生活中存在，但它们会在凑近事物的奇异放大镜的敏感里出现。

少量的失眠对天赋有好处。

自觉的美德，值得一说的美德，在接受智力教育后才真正存在，而这之前，一切都只是动物的偶然性。

思想者把巨大的砖块嵌入思想大厦，对于业余者，砂浆应从所有设计好的建筑里剔除。

人群中遭真正贬低和排斥的人，一定是那些干卑鄙勾当的人。

一个真正的艺术评论家应该是一个随时准备处理不同艺术种类、不同艺术特征规律的人。

对于我们这些凡夫俗子，最高的东西在善恶之外。善恶让人的最高精神变得渺小狭隘，变得过于世俗。事物在那里说：未来艺术属于宇宙。

尼采的力量不在于他寻找自己声音的力度，而在于从他巨大的感受中那种奔涌而出的高贵——永恒的轮回。

抛开别的不说，伟人难道不该有自己的伟大命运，生活中的一个特殊燃点？

评论家往往海阔天空地谈论一本书，直到没人知道那书究竟有多少价值。想达到目的，评论家就应该为了消除疑惑，说出那是怎样的一本书。书和其他商品一样，需要自己的标签。

负罪感永远是性格软弱的特征，而真正的罪孽则变成了问号。

大多数人都在寻找闪光物、忽略必需品时，弄得身败名裂。我们个个都像喜鹊和狗鱼，我们扑向闪光的东西——照自己的心性。

精神一旦压抑，肉体就开始呻吟。

学会给自己的智性行李打包很有必要，这样你就能发现你如何井井有条、优雅轻松地背着自己的行李。

女人最大的优点，是她迄今为止尚未在智力层面上犯过什么错误。

无忧是导致危险与不安的原因，文明的生活背在身上很重。

有一天你会对自己说：我的思想并不属于我。于是你把自己的生活卸在了别人的身上。

对于有些人，所有的一切都会不期而至，而对于有优先权的人，他们会自己向所有的一切走去。

生活的三大礼物：贫困，孤独，痛苦。只有智者看重它们的真正价值。

还有什么比拿破仑那样恬不知耻的神圣惊险剧更让人感到刺激？

一个真正的男人不需要名字，他到来，发现，赢取。

我们所需要的，是一个最不要脸的人，一个叫拿破仑的人。

缺乏行动力的人说人群散发着臭味，拿破仑没长鼻子。但波浪运载着他。

当狭隘笼罩你时，你要把它转化为辽阔。

纯真如花的人性，是理想的未来。

一个地方只要缺少美，缪斯们就会手拉着手逃离。于是公正就会取代爱情，义务就会取代皇家的嗜好。

能掌控心的人，应该把心当作某种神圣的东西来对待。

和伟大的生理美同样稀缺的天生的独特外观，必须配上内在的高雅和恰到好处的言谈举止。这些人会感到自己像主宰者，别人也同样会如此认为。

描写宇宙的诗，只能是细语。

无须乞求。望着星空，你会产生一种坠向大地、默默祈祷的感觉。

你不会询问上帝是否存在，你只会把自己小小的理解力搁在一边。

人世最难克服的，是对上帝的偏见。

「1920」未来的阴影

第一部分

奥秘

玩具是所有的人。

玩具是昨天的我。

今天我是个揭秘的人。

我愿所有人都走向我，

我愿所有人都听到我的心跳。

你们将从我手上接过火焰和热血，未来的洗礼仪式

我要把人性献给未来。

所有孩子都将阅读我那火焰般摇曳的诗句。

我要把所有人都化为更神圣的神。

我要用无声的扫帚清扫迷信，

我将大笑着摧毁一切渺小。

我将脚踏你们的巨龙，把剑刺入它的后脑。

啊你，我的天剑，我要吻你。

你不能休息

在大地变成花园，众神聚倒在酒杯旁做梦以前！

忍耐

你能用手捕捉那颗上升的星星吗？

你能测量出它的速度吗？

请不要阻止它飞升。

星星向你的手洒下陌生光焰。

对于陌生的手，星光奇异而炽热。

愿星星升起，一个接着一个。

大地将弥漫灼热的企盼：

一颗更红的星横空出世：在途中。

一只听从自己法则的手想捣毁他人的法则。

一个胜者走来，耳朵听不见的嘴在披露强者的名字。

强权

我是发号施令的力。追我的人在哪儿?

最强悍的人也在用梦的方式举着盾牌。

难道没人阅读我眼中沉醉的力量?

难道没人理解我对身边人说的那些俏皮轻松的话?

我不会遵循任何法则。我自身就是法则。

我是猎取者。

一个年老的统治者

大地啊，我在你背上为征服者筑造了一座宫殿，
精神的强者才有权住在那里，
精神的强者在等待。
阴郁的窗户站在那里
述说坠毁的命运。
那里，你们将青春永驻。
你们，和我一样无畏的青铜人，
你们将像春天的风暴那样歌唱，
用潮湿的翅膀抽打窗棂。
狂欢者，在你脸色惨白、目光跌坠之时，
请含笑摘取崭新的星星。
哦，用怎样的力
手才能抓起刺向对手的宝剑？
……
你，年轻的胸膛……你内心为何如此明亮？

敌意的星星

敌意的星星升起。

永远陌生，永远遥远，

假装微笑，欺骗人类的信仰。

每颗星都含着冰冷的目光。

每颗星都高傲寂寞地待在自己的力里，

怀疑其他的星光。

每颗星都在诱人相信她是一切。

每颗星都欣喜无比。

每颗星都想用自己的火焰焚烧世界。

每颗星都像一束远方扑来的红光，

为了摧毁，吞噬，焚烧，实施自己的权力。

创造者形象

我钢铁的心想唱自己的歌。
挤压吧，挤压
人的海洋，
铸造吧，把巨大的人群
铸成献给上帝的欢悦。

我们这些轻狂、强大的陌生人，
我们骑着松懈的马鞍摇晃而来。
风会把我们领向前吗？
我们的声音像一阵嘲笑从远方，从远方飘来。

华伦斯坦[1]的侧影

夜来了，我与你投掷
病狂的色子。
我的手沉重，勇敢，它用恶毒的力量
玩耍，拒绝援助。
我的色子命运般沉重地坠落。
啊，强权之路横贯地狱。
寻找花冠长鲜的人在穿越狭窄的岩洞。

① 阿尔伯莱希特·华伦斯坦（Albrecht Wallenstein,1583—1634）：天主教徒，“三十年战争”（1618—1648)中神圣罗马帝国的军事统帅。

星星涌动

星星升起来了！星星在涌动。神奇的夜。

千百只手从新时光的脸上揭开面纱。

新时代俯瞰大地，这融化一切的目光。

疯狂渐渐注入人心。

金色的愚蠢用藤蔓年轻的激情拥抱人类的门槛。

人们向新企盼打开自己的窗户。

人们为聆听天上的歌声忘掉记了人间的一切：

所有的星星都在大胆地向地球投掷碎片：

一块块鸣响的银币。

所有星星都在向造物传播疾病：

新型的疾病，巨大的幸福。

星球

狂野的地球挥砍着的燃烧的宇宙，

啊，欢乐，空气吹拂你面颊，

啊，欢乐，速度让你转身。

星球并不渴求什么，它只想快速旋转。

宇宙的岸好似问号在闪耀。

更快，更猛，更无情，

数不清的星球在奇妙的命里

向西方一缕光亮滚动唯一可能的出路。

第二部分

未来的阴影

我预感到死神的影子。

我知道我们的命运堆积在命运女神的桌上。

我知道跌落大地的雨

每一滴都渗进永恒时光的记录。

我知道，确定，就像太阳升起：

我不会看到太阳站在天顶时沉醉的一刻。

未来向我投下狂喜的影子，

影子不是别的，是奔涌的太阳：

我将被穿透，猝死。

当我用脚踏遍所有的偶然，我会含笑转身，远离尘世。

伟大的爱神

你，伟大的性爱，你呼吸着婚礼。

但何为是婚礼？

自天地形成，情欲让两个身体依恋不舍。

闪电，它始终没有触到

人的额头。

闪电在划闪，

闪电威猛无边，

闪电可以对人为所欲为。

我的祖国是什么？

我的祖国是什么？是缀满星光的遥远的芬兰吗？

无所谓。矮小的石头，请在坦荡的岸上滚动！

我会像站在信念上那样站在你们的灰花岗岩上。

哦，信念，你会永远在我的路上扔撒桂冠与玫瑰。

我是带着胜利面容而来的神。

我是征服过去的欢乐的胜者。

狂喜

我愿尽快在营地里躺下，

天使们将给我盖上白净的遮纱，

他们将在我身上撒上鲜红的玫瑰。

我死了——因为我过于幸福。

我将咬住尸布。

我的脚将在白鞋里欣喜地拥抱自己——

心跳停止后，

心会在欲望的摇篮里安睡。

人们把我的尸体推向广场——那里有大地的欢乐。

坦塔罗斯[1]，把你的酒杯倒满

这是诗吗？不，是破布，碎屑，

日常生活的纸条。

坦塔罗斯，把你的酒杯倒满。

不可能，不可能，

垂死的我，再次把花冠扔入你永恒的空虚。

① 坦塔罗斯，希腊神话中主神宙斯之子因骄傲自大侮辱众神，而被打入地狱，受着痛苦折磨。后遂以其名喻受折磨的人。

失去的皇冠

我哀叹，仿佛失去了一顶童话的皇冠。

啊，所有梦的皇冠，

难道这苍白的额头应该低垂，抱怨？

我已经找到了一切。

抗衡胜者，教他学会谦卑？

爱神神庙

我发现爱神的神庙是用人体造的。

里面摆着神像，那永恒的唯一。

没有人知道他的嘴唇能提供什么，

没有人知道他在琢磨什么。

他的目光恶狠狠地抽打着年轻无忧的肉体，

彼此玩弄的肉体。

但我们对他的情欲一无所知……

……

我们，爱神的伙伴，我们只渴求一样东西：

变成你火中之火。燃烧。

太阳

我无比欣喜地站在云上。

云的边缘红红地烧着。那是太阳。

太阳吻过我。地球上没有东西会如此拥吻。

难道要为此作证而永生？

啊不，请沿着笔直的光芒攀升，

接近他！

有一天

我将进入太阳，就像昆虫融入琥珀，

我不会留下祖传家宝，

我只到过炽热的开心炉里。

唉，你，我头上闪耀的皇冠，

他们看你时又能知道些什么？

网

我有一张所有的鱼都会游入的网。

当银色的鱼汇集成群，

我会舒展胸膛

把地球的财富背在肩上。

我背着你们，把你们背向童话池塘。

一个渔翁举着金色的鱼竿。

众神栖居在森林的某个角落。

我们这些漂泊的孩子哪里都不想去，就想去那里。

啊，起来，到森林外寻找未来的旭日！

再生之谜（偶作）

天使从空中歌唱着降落：请撕碎死神的宽恕，撕碎它！

一个女人躺在黑暗的停尸房里。

烛火围着她的尸体。

她脸上浮着一缕

对她所祈祷的生活的向往。

四周寂静一片。只有黑夜迈着守灵的脚步。

突然，一道亮丽的火焰从死者身上越过：啊那是什么？

屋子静寂无声。

天使在唱：黑色的墙，请你们打开！

但愿棺材获得蓝天之光的恩赐。

棺材在永恒的屋里躺着。

天使在唱：你，上帝之子，主在叫你。

四周寂静一片，哀伤不会离开这屋子。

但死者听到了呼唤：

啊，主，我来了。她的声音回旋着荡漾，响彻天空。

第三部分

河流女王的廷杖（残片）

他在哪儿，
那个我梦见的人？
他在哪儿，
那个我无法触及的人？
他在哪儿，
那个在我面前耍赖的影子？
他在哪儿，
那个路边手持红花的人？
他把她裹进透明丝绸，
用纱包住她脚，
久久地端详她：孩子，你是怎么死的？
我惨白的脸色不变，
我额头写着沉重的文字：她死了。
你的眼泪将滴落在我的脚上，
在我两腿间抽芽，
唤醒新的生命。
我的孤独

在空荡的棺材里呼喊。

好像有人想用被缚的双手

从地上站起。

你将从你家花园的两根柱上。抬起棺材里的我，

你要梳理我额上的刘海，

把我腹部的寿衣烫平。

你要恸哭流涕。

说：我仍在采集

各种美味野果。

你要采集最美的玫瑰。

这朵够鲜艳了吗？你问，

你把它放在手上，

就像拥抱那个仍有体温的圣人。

你把一片嫩叶放在我胸前，

我的下巴将把它当作《圣经》来依偎。

你把我丝绸般光滑的鬓发

轻轻放回白色的枕上。

我听见银白色天籁从热烈的远方飘来。

你用银色羽毛抚摩我

掩映白牙的嘴唇。

你在想：她真的死了吗？

你将我抱起，轻轻放在草上，

坐在一边，像母亲端详自己的孩子那样端详我。

你抓住我手，取下我手上的戒指，

你用石头摁我的手臂。

发现我活着。

你解开我衣服，把手放在我胸口，倾听。

你脱掉我衣服，

丝绸从我的肩膀滑落。

你把我的头搂向你怀中，像是亲吻，

但它坠回了原地。

你抓住我手，

扳弄它，像弯一个孩子的手指。

这时，一座蓝色塔楼从花园竖起。

仙女们围着它翩舞。

河流女王在塔楼金黄的尖顶上来回走动。

“向河流女王致意！”“向河流女王致意！”你叫喊。

河流女王，河流女王，请从天上回答我！

……

河流女王的回答是一串笛音：孩子们，快！

仙女们从四面八方涌来。

金色花朵在棺底铺开，

仙女们围棺而坐，

一个小仙女在枕上睡去。

她们站在新郎褐色的脚上，

她们坐在他棕色的发上，

她们攀援新娘，就像攀爬一座高山。

他转过脸：但那又有何用？

即使仙女梳好了她的金发，

即使她们在她脚上铺满银做的罂粟。

我还是要把戒指扔进棺材。

“你疯了吗？”一个小仙女叫道，从他头上拔下一根头发。

看，这就是男人的忠诚！

仙女们纷纷朝他扑去。

他站在那里，像一个妖怪。

河流女王戴着闪光的皇冠，手执廷杖，站立在高处：

“那只叫‘电流’的猫就住在柴堆里，

让他出来把死者唤醒！”

……

“我的花还活着吗？

我手上的戒指目睹了这场不幸。

我幸福地把它重新戴在你手上。你这美妙的玩具。

你这玩具的玩具，你脚上的白鞋重又踩在了地上。

月亮从大松树背后升起的时候

我们手拉手

奔入那座幽暗的森林。

那时我要抱着你，保证明天会更加美好。”

“我会吻你的额头，你这目光炯炯的救命恩人。

森林里紫罗兰盛开着，

泉水奔涌，嘟哝着‘感谢！’

这戒指将像记忆永远在我手上闪耀。我们还会死吗？

难以置信。生命随紫罗兰的浪花奔腾。

我们不信闪电会用震耳的轰鸣折断一棵高大的树。”

瀑布

创造的焦虑纠缠着我心，
云围住我，我亲吻它们。
云，我的命运会怎样？

今天我将去拜访一个巫女。
——举手，展示我的未来！
我看见你铁一样的眼睛。

啊你，欲望轰鸣的瀑布，
你那岸上漂浮的泡沫让人发狂。
轰鸣的瀑布，你不用问。
永恒的信念在不停地翻滚。
忧伤的信念：你富足，无法抗拒。

爱神的秘密

我鲜红地活着。我靠我的血活着。

我没有否定爱神。

我鲜红的嘴唇在你冰冷的祭台上燃烧；

我认识你，爱神——

你既不是男人也不是女人。

你是

蹲在庙里的力，

为了比咆哮，比扔出的石头，

更凶猛地站起，

从威严的庙宇大门

向世界投掷一语千金的教义。

爱神创新世界

爱神创新世界。
他手上的土充满了奇迹。
爱神不在乎琐碎的拼搏，
他用燃烧的目光
观望日月运行——
它们离他孕育生命的灵魂很近，
他狂放的心梦见了什么？
星星歌唱着在自己的轨道上奔驰，
但爱神的额头已呈现永恒的奇迹。
这位年轻的巨人谙熟伟大而盲目的神话，
他重又开始了演奏。

本能

我的身体是一个谜。

只要这脆弱的东西活着，

你们就会感受它的力量。

我要拯救世界。

所以爱神的血在我的嘴唇上流淌，

爱神的金在我的鬈发上浮动。

我只需观望，

疲惫，饱足：大地是我的。

当我倦惫地倒在营地，

我知道：一只疲倦的手正主宰着世界的命运。

是强权在我的鞋子里抖颤，

是强权在我裙子的褶皱间飘动，

是强权——对于它不存在深渊，站立在你们面前。

闪电

把你裹在云里的闪电，

蓝色的闪电，我看到了它，

你何时破云而出？

闪电，你这被雷霆喂养的有福之人，

孕育者与净化者，

我等着你，疲倦地。

我像一块破布躺着，

为了有朝一日，能被电手抓住，

比地下的铁矿更快地

传送闪电。

孤独

海里的沙子只有少数的几粒才真正理解。

我独自而来，独自而去，

我自由的心没有兄弟。

基督的幽灵占据所有的灵魂，并伸出贫困的手。

你们无法触及向我涌来的甘甜。

这是王座奇妙的孤独，

这是财富，跪着的财富。

强者的身体

我知道，我知道我会成功。

不管别人怎么说，我都是未来的星星。

我在古老的王座上醒来，

奇妙的手在我脚下铺开红毯。

神秘走入我血管。

神秘，我承认你，我，反神秘者，幽灵的敌人。

神秘没有明确的界线，神秘没有公开的名字，

神秘在强者的体内，当他醉醺醺地开始盲目行动。

预感

哦，我的身体，你是世界上最可爱的东西。

你如何知道我拥有权力？

这手臂是本世纪所需要的。

闪电在我手上，有一天它会划闪。

人会看到它的蓝光，觉醒。

我只是其中一员，别人都比我强，

但我是你们能看到的盾徽，

我是核心，纽带。

日出

啊，人！
如雨滴从空中洒落
我降临大地。

我眼睛看到了群星，
我右手擒住闪电，
力量，力量在我唇上奔流。

命运让我守望初升的太阳。
我向辽阔的土地问好——
新的一天来了。

啊你，我心的宽度

让我张开双臂，生命！

啊，你，我心的宽度。我等着

倾听自己的声音。

我要说话，我的词语将像凶猛的火焰喷射。

……

没人触摸我的心并让它颤抖，

我要把闪电的腰带绑在我胸口。

但雷霆在我心头，并将像子弹射出。

我是神，风暴在我体内咆哮，

我用抽吸的眼睛把你们统统吸入我的灵魂。

唯物主义

为了不朽，为了逃避分解着的原子的搏斗，

我必须成为权力意志。

我是一团化合物。我知道这一点。

我不相信光和灵魂，

游戏者的游戏对于我是如此陌生。

游戏者的游戏，我把玩着你，但一刻也不相信你。

游戏者的游戏，你味道很好，你气息迷人，

但没有灵魂，从来就没有灵魂。

是光，光，光。纯粹的游戏。

沉醉

成为强者后仍在渴望是危险的，
所以我的渴望站着，静静地
……
唉，往昔在做梦，
唉，我们举着没打开的明天的香槟，
唉，纯净中的纯净。
唉，挥榔头的喜悦。
唉，睡在明天怀里的喜悦。
欲望变成了疼痛，
一种只能含泪凝望然后去死的喜悦。
我流着泪，对被诅咒的世界陈述着喜悦之辞。
为何诅咒？因为你不能倾听喜悦的声音，
因为你像胎儿那样睡着。

喜悦触摸着这张垂死的脸，
神的火在我红唇上奔涌，
我身上的原子已分崩离析，站在熊熊的火中……

哈姆雷特

我脆弱的心想要什么？我脆弱的心喑哑无声。

我脆弱的心什么也不要。

整个地球都在这里。你抽搐着转身。

一根魔棍触碰大地，世界化为土灰。

我在废墟上坐着，

知道你会到来，你，意外的时光。

我知道你站在一扇锁着的门后，

知道我离你很近，你会伸出手来。

我别无选择，

真理，你隐入迷雾我也会跟你，

真理，你难道和蛇和死尸睡在太平间里？

真理，难道你住在一个一切都让我厌恶的地方？

真理，惨淡的灯难道照亮了你的路？

风信子

一

我勇敢地站着，怀着渴望和喜悦。

命运会向我扔掷雪球？

但愿雪在我的棕发里滴淌，

但愿雪冷却我美丽的脖子。

我昂头。我有我的秘密。谁主宰我？

我是折不断的，一棵不死的风信子。

我是一朵摇着粉色铃铛的春花，

它随土地欢快的歌声升起：

为了卓绝、平安地活着，没有对手。

二

我是一棵从硬土里长大的风信子

——生活，请用你强大甜美的手采摘我！

我吻着你比我更温润的手。

请把我当作珠宝献给皇后，

愿她把我这脆弱的春天象征，太阳的亲戚

当作权笏紧握在手中。

四首小诗

一

心为何会欢快，
是我哲学的唯一命题。
我的回答是：因为，因为我知道。
我知道什么？
我知道我会在太阳下晕倒，
知道我不会死，将成为胜者，
一个无法忍受自己而升起的太阳。

二

我的皇冠过于沉重。
看，我轻易举起了它，
但我的身体却想跌碎。
我的身体，我的身体，你被奇妙地绑着。
我的身体，我发现你在渴望棺材。
现在不是供电的时候，
我的身体，你没在听我说话。

三

我像生命那样势不可挡。

我的手难道没有带来幸福？

啊诡异的时间，在无法触及的高度，

你养育着一个头发没被抚摸过的赤子。

于是我的心重又站在深渊上欢呼。

我的心，你如此快乐，

像一块被把玩的石头！

四

雨飘落。雨泻在我身上……

但我的心不会因雨水而破碎。

让苦难像寒风那样鞭打我吧！

我是成功本身。我的额头写着：

太阳不会流泪。若想毁灭太阳，必须高举武器，

你会看到，究竟谁更强大。

动物圣歌

红红的太阳升起，

没有思想，

对所有的人都一样。

我们像孩子那样幸福地沐浴着阳光。

有一天我们会化作尘埃，

人人如此，世代如此，

此刻，阳光照着我们内心最偏僻的角落，

用喜悦充塞一切，

森林般强大，如冬天和大海。

太阳

我欣喜。

勇敢的旭日，请照射我脸，请触摸我额头。

不，你一定听到了我高傲之心的回答。

我的心因每一次日出而变得狂妄。

就像我的手握着太阳的圆盘，

为将它击碎。

就像我对地球作短暂的拜访，

用一瓢讥嘲的雨来弄醒它。

啊，狂放不羁的心，请向太阳伸出双臂，

跪下，让太阳，让太阳穿透你胸膛。

决定

我是一个十分成熟的人，

但没有人认识我。

我的朋友歪曲了我的形象。

我没被驯服。

我用鹰的爪子称量过驯服，知道它多重。

啊鹰，你飞翔的羽翼何等甘美！

你会像大地那样沉默吗？

或许你想写诗？你不再写诗。

每首诗都是对另一首诗的撕裂。

不是诗，是尖爪的痕迹。

闪电的渴望

我是鹰。

这是我的忏悔。

不是诗人，

从来就不是别的。

我蔑视一切。

对于我，除了鹰的盘旋别的东西都不存在。

鹰翱翔时会发生什么？

永远一样，永恒。

一道闪电射向欲望无边的天空，

并悄悄爱着，仿佛崭新的世界正在形成。

大花园

我们都是无家可归的漂泊者，

我们都是兄弟姐妹。

我们背着包，衣衫褴褛，

但与我们相比，权贵根本不值一提？

金钱无法衡量的财富

随清风飘向我们。

我们越是高贵，

就越知道我们是兄弟姐妹。

我们只有付出仁慈，

才能赢得自己的同类。

我若有一座花园，

我会邀约天下的兄弟姐妹，

让他们每人都带走一份贵重的礼物。

没有祖国，我们会是一个民族。

我们要在大花园四周修筑篱笆

把尘世的喧闹隔开。

我们安宁的花园

将给人类带来一种全新的生活。

星星

你知道什么？你知道什么？
说出就有危险。
我感到幸福在手中，幸福，
我有运气，巨大的运气，在手中。

啊，美妙的运气！
我属于那些相信自己星相的人：
那就是握住命运神秘的力量。
但，命运的力量
在真相抓住它时它又会怎样？

啊，可怕的疑问，可怕的疑问！
但我的星星并没有否认。
面对咄咄逼人的星星，
我感到力不从心。
沉重的手怎样才能抓起宝剑？
你不要问我，星星说，
人，在神秘面前你要蒙住眼睛。
本真，本真将赋予你力量！

对自然的思考

我们目睹了生死，那是星星和月亮。

太阳运行，给万物以生命；月亮运行，给万物以死亡。地球屈从于生死。

月亮在患病的生命周围编织雪白的网，直到某个夜晚，满月到来，将它们带走。

垂死的孩子喜欢月亮，他们渴望月亮把他们带走的那一刻。

自然与死亡心心相印，它夜夜都体悟着这种默契。它屈从于太阳与月亮的魔术。

死亡是一种甜美的毒品——腐烂，但死亡并不是什么不健康的东西。自然是健康本身，对于它，死亡如生命般健康。

腐烂里有大美，魔鬼是上帝最大的善。

最令人钦佩的，是秋天迅速毁灭的作品。

自然受着上帝的庇护，魔鬼无权掌控自然。自然是上帝的宠儿。

不做自然之子，我们就进不了天堂，因为宗教的秘密也是自然的秘密。

这些秘密不喜欢待在犹太人的教堂里，它们喜欢和熟悉亚伦[1]手中的百合那孤陋寡闻的自然之子厮守在一起。

自然通往上帝的路是直接的，永恒的，客观的，没有巧合。

寻找上帝的心必须与主观搏斗，因为心始于主观不在的地方。而自然之路是客观坦荡的。

1922年9月

① 亚伦（Aaron）：《圣经》人物，他是摩西的兄长，协助摩西率领以色列人出埃及。亚伦是个很好的协助者和跟随者，却不是一个好领袖。他缺乏坚定的意志，在关键时刻没有主见，虽头脑聪明，口齿伶俐，但遇事软弱，容易受别人影响。亚伦最大的弱点是：不敢说“不”。

「1925」不存在的国度

（遗留的诗歌）

第一部分 | 早期作品

山里的夏天

简单是山里的夏天：

原野开花，

古老的村庄微笑，

小溪用幽婉的声音述说着重遇的幸福。

玫瑰

我很美，因为我在我爱人的花园里长大。

我站在春雨中畅饮渴望。

我站在阳光下吞食火焰——

现在，我敞开着等待。

病访

从春天广阔的森林

我为你采来一枝开满鲜花的树枝。

你一声不吭，

用深陷的病眼

盯着地板水晶的反光。

你沉默，微笑，

因为这个春天将从你心上经过。

我们相对无语。

新娘

我的圈子很窄，我思想的戒指
围着我手指在转。周围陌生的一切
渗透出某种暖意，
就像睡莲淡淡的清香。
我父亲的花园里挂着数千只苹果，
个个都圆润，封闭——
我无常的生命也是这样
成型，变圆，膨胀，光滑——简单。
狭隘是我的圈子，我思想的戒指
围着我的手指在转。

夜晚的圣母

乌云掠过天空的时候
母亲醒着，孩子在酣睡。
寂静中，一个天使的声音
在赞美世界的安宁。

母亲听见夜晚的歌声
在心的深处漾成回音：
啊，世界在宝宝熟睡之时，
把自己拓展成无限！

危险的梦

不要和你的梦靠得太近：
它们是烟，会消散——
它们是危险，会留下。

你打量过你梦的眼睛吗：
它们病了，什么也不理解——
它们只有自己的想法。

不要和你的梦靠得太近：
它们是谎言，应远离——
它们是疯狂。想留下。

一个相遇

三个少女手拉手穿越辽阔的原野。

她们遇到一个戴盔甲的骑士，

第一个少女伸出双臂：爱情，来呀！

第二个少女跪在地上：死神，请宽恕我！

第三个少女转过身：

去城市的路向右蜿蜒……

致爱神

爱神，你这最残忍的神，
你为何把我领入这黑暗世界？
女孩成长的时候
被迫与光隔绝，
她们被锁入黑暗的屋子。
在你用红色的圈子套住我以前
难道我的灵魂没像星星那样欢快旋转？
看，我手脚被绑着，
那就好好感受吧，我的思想是被你逼出来的。
爱神，你这最残忍的神：
我不会逃离，更不会期待，
我只会像牲口那样忍受煎熬。

秋歌

现在是秋天，金色归鸟
从湛蓝的水面飞过。
我坐在湖边，凝注荡漾的波光。
离别在枝上喧响。
离别是伟大的，是离婚的序曲，
但重逢又是必然。
因此，梦在我枕着手睡去的时候显得如此安逸。
我的眼帘感到母亲的呼吸，
母亲把嘴唇贴着我的心：
睡吧，孩子，睡一会儿，太阳已下山……

自画像

为了我的短诗，那些晚霞般的哀怨，

春天送给我一只水鸟的蛋。

我让我爱人在厚实的蛋壳上画我。

他画了一根长在黄土上的鲜嫩的洋葱——

洋葱对面，一堆圆软的沙丘。

公主

公主让所有的夜来抚摸自己。
但抚摸只能满足自身的饥饿。
她的焦渴是一株腼腆的含羞草，睁着双眼的童话。
新的抚摸用苦涩的甘汁充填她的心，
用冰块填满她躯体，她的渴望越加强烈。
公主熟悉肉体，她寻找灵魂；
公主只见过自己的心。
公主是整个王国最可怜的人：
她在幻想中生活得太久。
她知道她的心必须枯死，彻底碾碎，
因为真理在洞穿。
公主不爱那些红红的嘴唇，它们过于陌生。
公主不认识那些底部是冰的醉醺醺的眼睛。
它们都是冬天的孩子。公主来自最南端的南方。
她不会随心所欲，她为人温厚善良，她做事光明磊落。

生病的日子

我的心被放在狭窄的岩缝里。
我的心
被弃在偏僻的岛上。
白鸟不停往返，
并告诉我，我的心仍活着。
我知道——它
靠着煤和沙子
靠着粗粝的石头活着。

我躺了整整一天，等待天黑，
我躺了整整一夜，等待天亮，
我躺在天堂的花园里。
我知道我不会康复，
但我没有停止期盼。
我发烫的体温犹如沼泽的植物，
我的身体像黏叶渗出甜腻的汗珠。

花园底部是困睡的湖泊，
热爱地球的我
对水了如指掌。

我那些无人看见的思绪，

我那些不敢公开的想法

跌入水中。

水充满了秘密！

虚无

请安静，孩子，就这些了。
一切就像你看到的：森林，烟雾，逃往远方的铁轨。
在遥远的某处
有一片更蓝的天空，一面玫瑰装饰的墙，
或一棵棕榈，一阵更温煦的风——
这便是一切了。
除了松树上的雪再也没有别的了。
用火热的嘴唇接吻也只是虚幻一场，
所有的嘴唇都会冷却。
但孩子，你说，你有一颗超凡的心，
你说虚度光阴还不如去死。
你要死神干什么？你没嗅到他衣上的腐味？
没有什么比自杀更可悲了。
我们应像热爱沙漠开花的瞬息那样
去珍惜被病魔纠缠的漫长岁月
以及闪烁希望的短促时光。

我的未来

一个率性的时刻

帮我偷来了我的未来：那临时堆着的木料。

我要把它建得比我

最初设想的更美。

我要把它建在名叫“我的意志”的

安稳的地面上。

我要把它竖在名叫“我的理想”的

粗大的柱上。

我要为它建一个

名叫“我的灵魂”的秘密通道。

我要替它建一座

名叫“孤独”的高塔。

一生

星星是顽固不化的——
这一点谁都知道——
但我要在所有蓝色的波浪上，
在所有灰色的石头下寻找幸福。
倘若幸福永不到来，那又会怎样？
一朵睡莲在岸边枯萎，
哦，是预感出卖了它？太阳西沉，
一阵波浪在岸上死去。
苍蝇在蛛网上寻找什么？
蜻蜓用自己短暂的生命干了些什么？
没有回答。只有抽缩的胸脯，
两片僵硬的翅膀。
黑不会变白——
但你能享受奋斗的喜悦。
鲜花每天都会走出地狱。
但有一天地狱会清空，天堂会关闭，
一切将静止不动——
那时，除树叶皱褶里的蜻蜓尸体，一无所存。
但无人知道这些。

奇迹

少女：

见到你真高兴，姆姆，
高兴，只要森林有人，而不只是
哄人的回声和狡诈的狐仙。
你慢慢地走，我加快步伐
跟上你，像有事要说。
那件黑色的修女袍过于阴沉肃穆
它黑暗的皱褶射出严厉的目光，
但它亲切，可信
给忧伤的心带来安慰。
啊，姆姆，姆姆，灯芯绒绿的森林是迷人的，
但这个春天对于我不能算作是春天。
因为我的心上人伤害了我。
为满足自己卑鄙的虚荣，
他像骗子那样用狡猾的手段夺走了我的爱，
并用冰冷的鄙视把我扔入痛苦和羞涩。
我的心被愁云裹着，阳光温暖不了我。
我已整整做了两天的梦，
我梦见自己兴奋地握着一把刀，

一把血淋淋的刀，我变成了飞鸟。
但这个梦并不意味着什么。我在想
我是否能重温此梦。

修女：

不能做这样的梦，孩子，
你不能再这样做梦。
现在是神圣的五月，
大地到处是天使，
你聆听，就能听到翅膀的声音。
现在是神圣的五月，
天使在教堂点燃了蜡烛，
给洗礼盆灌满了纯净的圣水，
圣母在祭坛上坐着，
嘴角露出神秘的微笑。
去那里吧，跪着——等待！
哦，上帝俯看你的时候
你会一眼认出他。
我知道痛苦是怎样麻木的——
几秒钟，你就会忘记一切疼痛，
你的思想会变得轻松，明澈，
就像天使穿越房屋一样安宁，

起身时，你会不想离去，
会泪流满面，
会沉浸在幸福的海洋里，
嘴上再也不会有愤懑之语，
你会在夜里欢快虔诚地做梦，
就像孩子梦见圣诞夜。
去教堂吧，孩子，我在外面为你祈祷。

少女（归途中）：

我的心很沉重。
姆姆，你的祷告缺少力量，
圣水根本就不起作用。
我在祭坛前跪着，
我久久地闭合着眼睛，去除杂念，
等待奇迹的到来。
啊，我真不该睁眼！
我又看见梦里的东西
它比这里——神圣的祭坛前面看到的要恐怖千倍。
我在地板上看到一串血迹，
看到祭坛台布上也有一摊鲜血，
祭坛上面——有一把刀。
我想抓起它，吻它——

这世上除了血，我还能爱什么？
地板奇怪地在我膝下晃动，
我害怕起来——我想起圣母。
我望着她，想得到她的许诺和她的庇护。
但她并没有看我，她望着远方
神态高傲，可怖。
对于我，祈祷是无用的。

修女：

但是，我依然要为你祈祷，
从现在起我会不停地为你祈祷。
圣母没有看到你，她沉默——
她需要一个令其他祭品相形见绌的祭品。
她，这神圣的净者，在她面前一切都显得软弱无力，
她将从你手上
把那把沾满血的刀当成祭品。
伟大是她的恩赐，
深厚是她的仁慈，
她的思想高于人类法则。
她不会灭绝邪恶的思想，
她不会遏制唇间涌出的恶言毒语，
她不会阻挡劈砍的手臂。

但对于积满痛苦的残疾灵魂，
她会施舍无穷的恩赐、谦和的关爱。
她赋予我们软化心灵的泪水，
让心柔成烛光。
这就是圣母，
但认识她的人很少。
她打量来这里的人
给他们不同的恩惠。
孩子，邪恶发生时
悔恨的喜悦才是最珍贵的
我始终远离邪恶，
我的灵魂像天使手上的百合一样白净。
但经验告诉我，远离邪恶
并非好事。
祈祷的意义是什么？
那就是把绝望者的力量化作我们圣徒的勇气。
我们需要圣母吗？没有她我们能生存吗？
我们还没到进天堂的时候：
干净的灵魂必须扔入焚烧的烈焰，
没有绽放的心抽缩着。
但我们这些穿白衣的灵魂必须谨慎处事，
这世界想做懦夫的人
实在太多。

但幸福属于那些邪恶对它们也无计可施的灵魂：

去吧，孩子，我为你祈祷。

我不会别的。

1915年

第二部分 |（写于 1919 － 1920 年的诗作）

牢笼

囚徒，囚徒……我要撕碎我身上的镣铐。
我带着疼痛愤怒的嘴唇穿越生活。
我的深渊，我向你们乞讨了什么，你们徒有虚名。
青铜[①]连接青铜而变成了人。

人走着，心上装着铁。
但青铜是否一定就有雷神额上那可怕的闪电？
我把心扔在路上，希望兀鹰去分享——
满月会再一次生我。

1919年2月

① 青铜：欧洲用来做人体雕塑的常用材料。

苍白之心的夜

苍白之心的夜，你在听——
不，不是真的，你一半的血便足够威猛。
它涌上你血管
进攻，世界便归属于你。

苍白之心的夜，你的血在上面，已做好进攻准备。
一旦攻占铁门的战役打响，
你的血管就是一个空碉堡，
一个荒废的堡垒，一个手无寸铁的堡垒
控制着世界。
你黑暗的血会歌唱着归来。

1919年2月

我的生命，我的死亡，我的命运

我仅只是一个不可丈量的意志，

一个不可丈量的意志。但究竟想要什么？想要什么？

黑夜沉沉，

我连一根稻草都举不起来。

我的意志只有一个愿望，但我并不认识这一愿望。

我的意志一旦爆发，我就会死，

啊，你好，我的生命，我的死亡，我的命运。

第三部分 ｜（最后的诗）

吉卜赛女人

我是一个来自异国的吉卜赛女人，
我棕色的手握着神秘的纸牌。
单调和缤纷的日子一天天消逝。
我轻蔑地打量着一张张人脸：
他们怎么会知道纸牌在燃烧？
他们怎么会知道所有的图像都活着？
他们怎么会知道每张牌都是命运？
他们怎么会知道我手上掉下的每张牌
都含着多种寓意？

无人知道这双手在寻找自己的东西。
无人知道这双手自古就带有使命。
这双手对万物了如指掌，
但它只在梦中里抚摸一切。
这双手在这个世上独一无二。

我把这双戴着手镯的手

怀着鄙视和忧郁和强健的猎手

藏在红桌布底下。

我棕色的眼睛在焦渴地窥视。

我的红唇在不灭的火焰里燃烧，

我无忧的手将在这火光熊熊的郁闷之夜干自己的活。

1920年2月

我童年的树

我童年的树高高地站在草丛中
摇着头：请问，结果怎样？
一排排树好似一声声训斥：你不配走在下面！
你是孩子，应该能够对付一切，
你为何甘缚于病魔的枷锁？
你已变成了一个陌生可恶的人！
小时候你和我们长时间交谈，
清澈的目光，闪烁着智慧。
而今我们要告诉你生命的秘密：
打开一切奥秘的钥匙躺在长着覆盆子的坡上。
我们要敲你的额头，你这沉睡者，
我们要唤醒你，死人，从你的梦中。

1922年6月

墓地想象

是什么在墓地回响：“我的！宝贝！”
是谁在雾中呼喊？
是那个朝丈夫扑去的士兵的妻子。
白亮十字架挂着圣母怀抱耶稣的像，
风摇着新坟上的丁香。
穿白衣的她静静地躺着，怀抱孩子。
你的脸为何如此苍白，你，年轻的女人？
你的手为什么如此柔弱，你，妖艳的女人？
你的黑色刘海，你黑色刘海不再触摸他人，
你的脚被裹入了丝鞋，它们无法感受大地。
你逃到比白桦树上的月亮更远的地方，
你逃到比太阳更远的地方，太阳在闪烁。
你把孩子夹在腋下拼命奔跑，
你离开所有的星星，你脚下的星星。
耶稣在圣母怀里躺着的地方，你已经赶到。
哦，心能赢得的一切，你已经拥有。
是什么在墓地回响：“我的！宝贝！”
是谁在雾中呼喊？
是那一个朝丈夫扑去的士兵的妻子。

1922年9月

回家

我童年的树簇拥着我欢呼：啊人！

草欢迎我从陌生的国度归来。

我把脸贴着小草：啊，终于回家了。

我转过身，不再理会身后的一切；

我的伙伴如今只剩下森林，海岸和湖水。

我从汁液充盈的松树树冠吮吸智慧，

我从白桦干涩的躯干吮吸真理，

我从纤细柔嫩的草茎吮吸力量。

一个伟大的庇护者向我伸来仁慈的手。

啊，天空的清澈

啊，孩子脸上天空般的清澈——
他的天使看见天上的父亲。

从圣徒眼睛涌出的光
是孩子脸上的安宁，是宁寂天空四周的黑暗。

圣徒头上的光环并不艳丽、宽大，
就像小孩头上的皇冠。

大地，鲜花，石头对孩子讲着自己的语言，
孩子牙牙呢语，用造物的语言应答。

上帝隐身于一朵小花，
万物传播他的名字。
但被他驱逐的人心，并不知道他就住在身旁。

1922年9月

月亮

死去的一切都妙不可言
一片枯叶，一具死尸，
一弯残月。
花朵们知道
森林静守的秘密，
那就是：月亮绕地球的路
是死亡的轨迹。
月亮纺织着花朵
所迷恋的粗布，
月亮在生命上编织
一副童话的网。
月亮的镰刀
刈着秋夜的花朵，
花朵
在焦渴地等待月亮的吻。

1922年9月

十一月的早晨

第一场雪飘落。
我们沿着河滩上书写神符的波浪
庄穆地走着。岸对我说：
瞧，你小时候来过，但我依然如故。
水边的桤树依然如故。
说吧，你去了异国哪些地方？
你学会了分心术？
你得到了什么？什么也没有。
你的脚应该踏在这里，
这里你才能如鱼得水。信念和谜底
将会从桤树的果子走向你。
你应该赞美上帝，
他让你跨入了他在树木和石头间建造的庙宇。
你应该赞美上帝，
他拨开了你眼里的迷雾。
你可以鄙视那些所谓的智慧，
因为现在你有了松树和石楠老师。
让那些伪预言家和撒谎的书聚在这里，
我们将在湖畔点燃狂欢的篝火。

谁也没有时间

除了上帝，
这世界谁也没有时间。
花朵们因此纷纷向他涌去，
还有走在最后的蚂蚁。

勿忘我求他给它的蓝眼睛
添加光彩。
蚂蚁求他
赋予它搬稻草的气力。
蜘蛛求他让它的凯旋
传遍紫红玫瑰。

上帝参与所有的事件。
当老妇在井边突然遇到自己的猫，
猫遇到自己的主人，
对她俩都是莫大的欢喜，
但最大的快乐莫过于上帝让她们分享了
这美妙的十四年友谊。

而这时，一只红尾鸟从井边的花楸树
欣喜地飞出，因为上帝没让它落入猎人掌中。
但蚯蚓在昏黑的梦里看见
月镰把它切成两瓣：
一瓣是虚无，
另一瓣是万物和上帝自己。

不存在的国度

我神往那不存在的国度，
因为所有存在的事物我都已厌倦。
月亮用银色碑文
为我描述那不存在的国度。
那里，我们所有愿望都会奇迹般地得到满足，
那里，我们所有枷锁都会脱落，
那里，我们用月光的露水
清凉我们焦烂的额头。
我的生命是一个炙热的幻影，
但一半是我发现的，另一半是靠自己赢得的——
那通往不存在的国度的路。
在不存在的国度里，
我的心上人戴着火花飞溅的皇冠在走。
谁是我的心上人？夜色沉沉，
星星战栗，默不作声。
谁是我的心上人？他叫什么名字？
天空高高地，高高地隆起，
一个人类的孩子坠入无边的迷雾，
找不到任何回复。
但人类的孩子仅只是信念，
她把手举得比所有的天空都高。
于是一个声音出现：我是你所钟爱的人，你永远爱着的人。

抵达冥府

看，这是永恒之岸，
急流喧响而过，
灌木林，死神
在弹同一支单调曲子。

死神，你为何停下？
我们风尘仆仆
来这里就是为了听你歌唱。
没有一个奶妈
唱得像你这样迷人。

我把从未戴过的花冠
轻轻放在你脚下跟前。
但愿你能为我展现
棕榈高耸的世界，
那里，思念的波涛
在石柱间不住地拍打。

致索德格朗的一封信

李笠

亲爱的艾迪特：

27 年前，27 岁的我，坐在北京花园村一个单人宿舍，流着汗，在喧嚣的蝉声里翻译你的诗（那些译诗以《玫瑰与阴影》冠名，于 1991 年在漓江出版社出版），那时，我还是个新手，只会依样画葫芦。且不说达雅，即便是信也流于表面。“黑色松林”，“窗上的蜡烛”，“童年的树”，“陌生的国家”，等等，等等。我逐字照搬，而对字句背后的东西几乎一无所知。结果，穿上汉语的你声音有时含混不清，诗，成为一个个平面的纸上风景。今天，在瑞典生活二十多年后，重译你的诗，这些若隐若现若即若离的词语（意象）突然在我面前活蹦乱跳起来，就像我在波罗的海的船上钓到的一条四公斤重的鳕鱼；“死亡”“宽恕”这些词也变得面目清晰，具体可触，就像我脸上的皱纹。重译！精确呈现原诗的气息和风貌！我开始给老房子翻修，我感觉在修改自己的旧作。一种少有的愉悦和谨慎。如果说当年的翻译是在星空摸索，那么，此刻，重译，则像是潜入一潭清澈的湖水。而这，我想，也许是因为我几乎活了你生命的两倍时间，更主要的是：我的诗和你的诗有着同样的率真、直接等特点。

亲爱的艾迪特，你诗中“异国”“陌生（人）”这些词，对当时生活在一个封闭的国家，从未跨出国界的年轻人，是多么抽象！但今天，四分之一个世纪后，这些词已流成了我的血液一你“童年的树”也就是我上海的“梧桐树”，它们在揭示我生命的秘密：“庆幸回到了这里，返回时还没拄着拐杖！”（拙作《梧桐发芽》）。殊途同归，我也是你在《我》一诗里所描写的“被海水压着”生活在世界底部的那个陌生人。记得我 31 岁那年，也就是你离世的年龄，我在斯德哥尔摩移民住的一幢简陋房里彻夜阅读着你的精神之父一尼采。外面下着大雪，我像你一样梦想着站在阿尔卑斯山的山顶。像尼采，或超人，我疯狂地写诗，写下了《放逐的岁月》《流亡的孩子》《祖国》等诗作；我问着你在《不存在的国度》一诗里所问的问题：“谁是我的心上人？”我也像你那样张开双臂，独自在雪地里奔跑，感觉自己是十字架上的基督，或天上的飞鸟……

是的，27 年前翻译你那些具有酒神精神或表现主义风格的诗歌时，仿佛在和你一起跳迪斯科。今天，再跳这舞，突然感觉身体有些笨重。我已进入了看山依旧是山的知天命的年龄！表现主义恰恰相反，它是看山不是山的艺术，是青春激情，是原始力量，是火山喷射，是肉搏。我想说的是：翻译，最好是译同代人的作品。当然，若原作者和译者气质相似则更好。但奇怪的是，翻译时，我常常感到我就是你，或27岁那时的我。我被你诗中的激情唤醒。我亢奋。甚至狂喜。但即便沉醉，我也清楚该干什么，那就是：让句子精准。重译是进化，更是有趣的发现。我发现你的诗歌特别喜欢用“所有（alla）”和“美好（underbar）”这两个词，比如《抵达冥府》一诗，最后一段“但愿你能为我展现 / 棕榈高耸的世界”，你在世界前加了“美好”，翻译时我删去了此词。原因是：棕榈高耸的世界，一定是一个美妙的世界。对北方（北欧）人来说尤其是。冬天，你知道，北欧人都爱去有棕榈树的地中海度假，像海豹一动不动地趴着晒太阳。删去原文的“美妙”，译文的节奏也变得美妙了一些。

亲爱的艾迪特，翻译不是依样画葫芦，翻译诗歌更是如此。它绝不是像某个瑞典学者所宣称的“干奴隶活”。翻译既是做奴隶，也是做君主。但前提是爱。爱才会激活创造激情，和与之俱来的责任性感，即，把别人的东西当作自己的东西。奴隶不会这样。奴隶只会敷衍了事。翻译，是当家做主，是不同的演奏家对乐谱的独特处理。当然，演奏家必须理解曲子，具有精湛的演奏技巧：

乌云掠过天空的时候
母亲醒着，孩子在酣睡。
寂静中，一个天使的声音
在赞美世界的安宁。

母亲听见夜晚的歌声
在心的深处漾成回音：
啊，世界在宝宝熟睡之时，
把自己拓展成无限！

这首四行体的《夜晚的圣母》，我在译文里保存了原诗的音节和韵脚，但删除了第二节无声赞美的“无声（tyst）”，因为它和第一段天使的歌唱—有声（物理的，客观的）—产生了冲突。不喜欢我的改动？但你瞧，省去后，译文变得更为流畅。当然，另一个译者可能会把诗译成如下的模样：

乌云蔽天
孩子酣睡，母亲醒着。
一个天使在夜的静寂里歌唱，
赞美世界的安好。

年轻母亲听见
赞美声回音似的在心野飘荡：
宝宝熟睡之时，
世界无限地扩展。

不懂原文的人，也许会认为这个译本更好，更贴近汉语的习惯，更自然简洁，但懂原文的人，发现译文已经偏离原文的韵律，一种你不常使用的姿势。

此外，你《夜曲》和《漂泊的云》中的“jättarna（巨人）”一词，我分别把它译成了“森林”和“树”。因为在这两首寄情于景的象征主义风格的诗里，突然出现“巨人”这么一个让人联想到童话形象的词，中国读者会觉得唐突，甚至会莫名其妙。注释？诗不是解释，是语言的品位。依样画葫芦？依样画葫芦那就等于把东北杀猪菜的血肠或重庆的鸭肠火锅原汁原味地端给瑞典人吃。他们不会吃。他们最多—为了不驳主人的面子—尝一口。与享受无关。把“巨人”改成“树”和“森林”后，诗的意境突然自然起来。一个译者，绝不该是一台拿字典照搬的机器。他必须化。让译诗读起来就像是直接用母语写出的一样自然。当然，这并不是说译者可以随意篡改。他只是按语境而随机应变。而这种应变能力，则完全依赖译者对词语（意象）背后的文化与习俗的了解。举例说你诗中“太阳消失”这一意象，在北欧，夏天，说太阳的消失，等于说喜悦的消失。但夏天的中国，尤其是中国南方，太阳的消失，则意味着煎熬的结束。因为那里的人都活在羿射九日的神话影子里。夏天，在斯德哥尔摩的岛上，太阳只要消隐，空气就会出现江南秋末的寒意。于是北欧文学往往把太阳作为爱情或幸福的象征，你的诗也是如此。所以，瑞典文里的“夏天”在译成汉语时有时（需看语境！）可译成“春天”；所以越狱被抓的瑞典少教犯兜里的“鸡油菌”应译成“糖果”；所以陶渊明的“采菊东篱下”，译成瑞典文最好是译成“在阳光下悠然地采着蓝莓”；所以，“阳春白雪”不应译成“春天阳光下的雪”，而应译成“歌剧一样的高雅文化”；所以四个出售廉价家庭用品的抽象字母 IKEA，译成汉语时必须译成赏心悦目的“宜家”……

另外，我发现，你的每首诗，都是你的姿势，你的呼吸，你的声音的真实记录。译你，就是演你，演活你；而演活你，则需要一个进入角色的环境。但你瞧，你的诗和我的翻译环境多么格格不入——它们无法和灯红酒绿醉生梦死的上海融合在一起，这些超人的孤魂似乎更愿意待在海拔两千米高的山上，或寂静无声的森林里……它们拒绝被装扮成汉语。我只好再次搁下译笔。

今年七月，我把你的诗带到了意大利南方。但我仍无法扮演你，无法进入你的诗歌境界，你说话时的情绪和语气。我走神。我无法静下心来。这里的光太亮，太艳，太美，太让人沉醉。我在但丁《天堂》的光芒。而你的诗一地狱，“孤独和死亡的面孔”，它们想拉我回到北欧下雪的冬天和夜深人静的黑夜。

亲爱的艾迪特，在翻译过程中我发现：爱情，就像你诗中的太阳，也是一个一再登场的主角。但我悲哀地看到，无论在《白天变冷……》《我们女人》，还是在《发现》《公主》《黑或者白》等诗中，男人都只是情欲或残忍，给女人—你，一个被生活放逐到边缘的陌生人—留下灾难和痛苦。但爱，就像你诗中所赞美的美，一旦从地球上消亡，人类就无法生存。27年前，翻译《一个愿望》时，我也在恋爱。我读着，译着，被诗中渗透出来的气息所迷住：

在这阳光照射的世界里
我只需要花园里的一张椅子
和一只躺着晒太阳的猫……
我将坐在那里
怀揣一封信
一封简短的信
我的梦就是这样……

最后一句，我当时把它译成了“这就是我的梦”。但今天读来，语气译得过于生硬或坚定，丢失了原诗说话者的率真。“我的梦就是这样”，我相信，一定是你，一个热恋中女人的说话方式。一种只有幻想才能体现的满足之美。这种幻想之美可惜已被今天的微信取代。幻想中的“渴望”（你诗中又一个反复登场的角色），已被现代文明的速度摧毁。在当下快餐时代，读这首百年前写的小诗，恍如隔世，恍如捧着一只汉代的陶罐。但我仍被它的语气深深打动，就像我被中国唐代陈子昂“前不见古人，后不见来者”的诗句打动。但，这种让一首诗活着的真切语气，要把它译出来，译好，尤为困难，就好像用双手捧水，最多只能留住一半。

亲爱的艾迪特，如果你的诗，经过我的手，变成了一首上好的汉语诗，那是上帝的恩赐。我的意思是，我在保持你原诗气息气脉气韵的时候，也做了一些小小的但不可低估的发挥。

2014年8月于上海

图书在版编目（CIP）数据

我必须徒步穿越太阳系 ：索德格朗诗全集 /（芬）艾迪特·索德格朗著 ；（瑞典）李笠译. -- 长沙 ：湖南文艺出版社，2020.9（2023.2重印）
（诗苑译林）
ISBN 978-7-5404-9694-4

Ⅰ. ①我… Ⅱ. ①艾… ②李… Ⅲ. ①诗集－芬兰－现代 Ⅳ. ①I531.25

中国版本图书馆CIP数据核字(2020)第123224号

我必须徒步穿越太阳系 ：索德格朗诗全集
WO BIXU TUBU CHUANYUE TAIYANGXI: SUODEGELANG SHIQUANJI

作　　者：〔芬〕艾迪特·索德格朗
译　　者：〔瑞典〕李　笠
出 版 人：陈新文
责任编辑：耿会芬
整体设计：天行健设计
内文排版：钟灿霞　钟小科

出版发行：湖南文艺出版社
（长沙市雨花区东二环一段508号 邮编：410014）
网　　址：http://www.hnwy.net
印　　刷：湖南省众鑫印务有限公司
经　　销：新华书店
开　　本：880mm × 1230mm 1/32
印　　张：9.75
字　　数：174千字
版　　次：2020年9月第1版
印　　次：2023年2月第2次印刷
书　　号：ISBN 978-7-5404-9694-4
定　　价：58.80元